DUJU HUIHEPAN

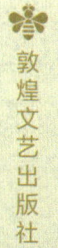

独居辉河畔

房 子 ——著

敦煌文艺出版社

图书在版编目（CIP）数据

独居辉河畔 / 房子著 . -- 兰州 : 敦煌文艺出版社，2022.10（2023.3 重印）
　ISBN 978-7-5468-2242-6

Ⅰ . ①独… Ⅱ . ①房… Ⅲ . ①散文集—中国—当代 Ⅳ . ① I267

中国版本图书馆 CIP 数据核字 (2022) 第 181656 号

独居辉河畔

房子　著

责任编辑：王　倩
版式设计：马吉庆
助理编辑：尚晶晶

敦煌文艺出版社出版、发行
地址：（730030）兰州市城关区曹家巷 1 号
邮箱：dunhuangwenyi1958@163.com
0931-2131372（编辑部）　　0931-2131387（发行部）

三河市金兆印刷装订有限公司印刷
开本 880 毫米 ×1230 毫米　1/32　印张 9　插页 4　字数 180 千
2023 年 2 月第 1 版　2023 年 3 月第 2 次印刷
印数：3001~6000 册

ISBN 978-7-5468-2242-6
定价：65.00 元

如发现印装质量问题，影响阅读，请与出版社联系调换。

本书所有内容经作者同意授权，并许可使用。
未经同意，不得以任何形式复制转载。

在草原河畔的小屋里,我曾独居过两年多,读书,写字,和真正的自然安静地相处。我想知道,人在极简的生活中,是否能感受到真正的快乐,以此明白人活着到底真正需要些什么。

最难忘记的是在辉河上漂流的三天三夜,那样的经历,如同走在朝圣的路上……

作者简介

房海峰,笔名房子,陕西延川人,喜好文学、摄影。中国摄影家协会会员,陕西省作家协会会员,著有《最后的黄土高原》。

喜欢行走,崇尚自然。

遁与归
——序《独居辉河畔》

李亮

默读房子的文字,观看他拍摄的照片,我突然觉得和他相比,我们大多数人其实非常可怜。可怜到无法与大自然真正亲近,可怜到一生中少有能做赤条条"真我"的时候,可怜到甚至没有过任何一段清醒而自由的独处时光。

再默读,再观看。房子独居辉河畔时创作的文字和拍摄的图片不仅翔实细腻地记录了一种"理想生活"的样板,顺带着又抛出了这个问题——人究竟该为什么而活,该怎样去活?

我与房子相识很久了。那时孩子们尚小,我们便都显得年轻。我们所处的高原很大,每到一个人生节点就像登上一座新的大山,随着能相携攀爬的人越来越少,我们这几个同地域的野路子文艺青年几如闹市孤萤。说同病相怜也好,是气味相投也罢,总之,跟跟跄跄一直没能停止往高处和未知里扑腾，不时还得停下来专门拽拽陷入物质生活泥沼里的双腿。

像我们这样的青年，在小地方大概有三种结局，一是终于向那些约定俗成的规则投降鞠躬，二是成为世人眼中的"神经病"，三是在企盼、追逐、穷苦和迷茫中了此一生。

本以为我们几个也难逃宿命，谁知一过四十岁，或是拜磨砺所赐，或是身心自动遵循了自然规律，几人竟都沉稳、安静了下来，各自清晰地做了取舍，默默做着乐意做的事，不多时就聚聚，把各自在不同领域收获的"野蘑菇"和"野韭菜"拿出来晾晾。

这几年里，我追寻着从《山海经》中流出的北洛河。房子这家伙则往草原深处遁去。品一品，似乎我们都成了仁者、智者。

辉河的水，
与井水有何相干？
纯真的爱情，
与法律有何相干？

阿兰道其泡子的水，
与井水有何相干？
年轻人的爱情，
哪个衙门也不能管。

这首鄂温克族的《塔娜巴》民歌中，辉河波光粼粼一现，如一道勾人心魄的明亮眼神。

房子抛开一切遁迹呼伦贝尔草原后,建了一座红房子,就在这歌中的辉河之畔。

是啊,井水不可与辉河的水相提并论,这座草原深处的红房子,又哪是那些价值过亿的别墅所能比拟的。而房子向辉河畔走去时的心情,我相信也绝不逊色于催发一场纯真的爱情。

房子背影瓦灰,乱发齐肩,像一匹静默的马,一步步走向疯狂的野花。

房子身形孑孓,脚步带着些许醉意,像一尾什么也不愿说的鱼,游进花海深处。而那随风摇曳的点点白色花影,正是光与风过处迸发的浪花。

岂止是这个场景有西部电影的味道。房子在辉河畔居住的日子里所做的每一件事,诸如建房、围篱笆、劈柴、烧火、煮饭、吸烟、喝酒、散步、采摘、漂流,乃至点蜡烛、呼吸、静坐、读书、沉思、神游等一系列人类行为都因为草原、天空、河流的加持而蒙上了特写镜头的质感。而他心眼所见、所感知的四季、朝夕、雨露、风雪、星光、云天、水岸、植物、动物、昆虫、坡尔德村落、原居民等,也同样具备了精微素描或超写实绘画般的细致动人。

我在文字和图像外看房子,真像看了一部他随性自导自演的电影。我愿真挚地对影片评予高分。他不仅实现了人在独处状态中与草原、大地、河流、森林、独屋之间的辉映与交响,更让这种朴素、和谐的色彩调子与野性、天然的大自然配乐始终闪烁游弋在每个情节中。

他像个好奇的孩子般翻动着大自然装订好的又一册神圣书页。

我不禁对这个熟悉的人肃然起敬——这正是一个地地道道、干干净净的人该有的样子。同时,我也再次得到了一种教育:不管身处何方,人只有地地道道、干干净净了,生命才会把最奢华的礼物递到你手上。诚如房子所写:"我的小屋坐落在被围栏圈起的六千亩的院落中。四下望去,再看不到任何建筑。虽然我只是暂时居住在邻居家的这片草地上,但我常常以为,我眼睛能所及的地方,都是属于我的,包括这六千亩院落里的繁华和荒凉。"

相比大多数人的营营役役,房子独居辉河畔的两年零两个月不仅是一场用"身心灵"进行的摄制,同时堪称一个成功的行为艺术。这个或可命名为"遁与归"的行为艺术,似乎是和美国作家梭罗的一场跨时空对话,又像是和中国古代某些文人隐士间的一场通灵交流。他像个被普通人推举出来的"英雄",也像个家乡人口称的"浪子"或"二杆子",无情地抛下一切,只为成就一个向自由致敬的"壮举"。

许多行为艺术让人看了很憋屈、很压抑,让人想死,房子的却不同。两年多的时间,全方位沉浸的模式。他的这个行为艺术,可以说生生地凿开了个"气眼",或撕开了一条罅隙——现代人因焦虑和被围猎而对"荒野""流浪"之类的向往在房子这个行为里得到了满足;周遭人因重复无趣的日常生活而对"浪漫""诗意"之类的渴盼在房子这个行为里得到了放飞。而对喜欢或讨厌哲学的所有人而言,房子的行为直接再次引起了对生命意义的终极追问。

写到这儿,我不禁对这个陕北老乡口中"不务正业"的人再次肃然起敬,真正的摄影家和作家是啥样我不知道,我觉得就是他这样儿的。更何况,不是谁都能毅然决然推开当下生活的一切,来场独居荒野的生活。

但我讲的这些终究只是我的想法,对房子本人而言,他或仅仅是厌倦了城市的灰色和霓虹,想更深地像梭罗那样"向内走"。他不在乎别人的评判,只用这种形式去试验着与"真我"和"天性"链接。而如我一样做不到如此的人们啊,我们可以说他"对家庭不负责"或"厌世""逃避"等,但他所获得过的与大自然紧密交融的生命体验,我们没有;他所拥有过的最宏大和细微的喜悦,我们也没有。而他求索的"真正的幸福"——我们甚至从没有勇气去想、去问。

所幸,我们能看到这本《独居辉河畔》,也能看到房子摄制的影像和图片。隔着纸张和屏幕,我们沾着房子的光,得以轻嗅草地和森林的清香,得以跟随云影徜徉于呼伦贝尔草原辽远的天际,得以定格一份空旷寂然的心境。

而这字间隐约传出的风吹草动、蜂鸟振翅和潺潺流水也正是我们那常被忽视的灵魂所发出的呼唤啊。

遁耶?归耶?

亦僧亦道亦俗人,非僧非道却得道。

我得恭喜房子,于辉河畔窥见了一些亘古的秘密。

目录
Contents

河畔小屋

- 003　河畔小屋
- 017　生活的开端
- 025　六月的乐曲
- 031　秩　序
- 036　水　井
- 044　辉　河

草原岁月

- 055　出　行
- 064　寻常的日子
- 071　坡尔德
- 076　访　客
- 084　琐碎的事情
- 089　改　变

向阳而生

- 097　邻　居
- 106　陪　伴
- 112　漫　步
- 117　斧　头

	123	冬　夜
	128	洗　澡
	135	年　末
	141	独居一年
独居两年	149	寂静的春天
	153	草原四月
	159	杂　草
	163	救　赎
	170	五月的草原
	174	独居草原第二年
	187	月光下的马
	194	围　栏
雁来雁去	203	河上漂流
	224	捡蘑菇
	229	感　恩
	234	中　秋
	238	雁来雁去
	242	日　志

尾　声

河畔小屋

河畔小屋

风在漆黑的夜里发出海浪般的啸声,卷起地上的雪花,正把呼伦贝尔大草原的广阔悄悄推向庄严的冬天。

这时,我正独自在小屋里盯着空白的电脑屏幕,就像盯着一片春天的大地,试图播下几粒种子。

面对一张纸的空白,我心存虔诚。就像农民对土地的虔诚。我将生活植入文字的过程,就像农民将谷种播进土地的过程。充满未知、希望、惊喜和孕育般的幸福欢乐。

写作、种地,都属于朴素的生活,都和阳光、雨水有着密切而直接的关系。就像树根之于泥土,生命才那样葱绿遒劲。文字也应该来自土地,因为有了可以扎根的地方,具有了大地原初的纯净、温厚与慈悲。受天地和自然的滋养,农民从土地和粮食中获取最原始的欢乐与力量。对于一个写作者而言,他的幸福,等同于农民的幸福。

此刻,我已深情地播下了第一粒种子。这意味着,我的劳动刚刚开始。漆黑的夜色,为我营造出一种静谧安详的气氛。我开着窗户,以便能让思绪如浸入泉水一样自由、清新。我很高兴有这样一个良好的开端,就像春天遇到细雨一样,温润绵甜,又深蕴着一种看不见的力量。

此刻,我在草原上已经独自居住了十七个月。如果说今夜适合耕种的话,我想你们将会看到我一个人曾走过一些怎样的田地。当然,我的田地上不只有泥土,还有落日和朝霞,蜜蜂和蝴蝶,苜蓿花和马蹄莲。这是一片肥沃的土地,甚至大过草原。它是四季的风雨,是牛哞、羊唤,是樟子松的绿叶,是大雁的翼展,是河流、白云、马蹄声,是一缕缕炊烟和漫天的星光。在这样的土地上劳作,我不会觉得辛苦和劳累。即便依然会有人问我是否孤独寂寞,我还会像从前一样回答,我腾不出太多的时间去感受寂寞孤独。因为下一秒钟永远都在神奇地变化着,一切都意味着不断创造,新鲜事物总是层出不穷。我可不愿把这些绝美的瞬间轻易拱手相让。我是个自私贪婪的人,当然,只是针对某些方面而言。比如,我曾不止一次地想,我要是整天能自由地在大自然中闲逛那该多好啊!

现在,让我们先把目光转向2017年的6月6日。

这一天,在经历三天半的长途跋涉后,我从陕北的黄土高原终于抵达了辽阔壮美的呼伦贝尔大草原。黄昏的一缕夕阳以梦幻般的绚丽给了我最初的问候。这是呼伦贝尔草原深处，深到许多新生事物还来不及触及和深入。

公路是土质的，是未经测绘而自然在草原上形成的痕迹。这些痕迹，写满原始的符号，有牛羊的蹄印，有木质车轮留下的古老纹理，有落在尘土上蒲公英枯萎的花瓣，有苜蓿花的陈香，还有喜鹊和乌鸦留下的精致印章。此刻，明显还留着昨天一场小雨的痕迹，因为泥土是深褐色的，是湿润的，尘土无法飞扬。

泥土赋予我们的想象极为深远。在一条道路上，我们完全有可能遇见已经消失的一些景象，诸如转场的牧民和洪流般的羊群；诸如洁白的雪和雪地上一行行马靴留下的脚印，还有这脚印之上一些人的朴实愿望；诸如一些遗落在尘土里的长调和长调里掩藏的寂寞及月光般的愁苦。这一切的过往，被一条缀着花边的土路悄悄收藏。我有幸踏足这里，像考古学者一样，希望能在泥土深处找到一片粗瓷碎片，并从中发现简朴的迹象和它钻石般的光芒。

泥土里的事物都是活着的事物。不像水泥地和柏油路，把一些事物永远地囚禁了。人们走在泥土上，会有一种生命存在和继续的感觉，就像看到一只蚯蚓在土壤里蠕动，看到一棵野草抽出新芽。而水泥地和柏油沥青，拒绝了这一切。它们就像给种子判了死刑，给虫子铸好了棺材。原本多少新鲜美好的事物，在人类追求更符合自己审美和生活的需要下，被赶出了我们的视线和呼吸范围。许多人并没有意识到，这就像把氧气隔离在我们生活之外一样。我们终将会为自己的聪明付出必要的代价。这是迟早的事情。当下看来，我们似乎正浩浩荡荡地走向新的文明，远离荒芜，过着光鲜如塑料

独居辉河畔 | DUJU HUIHEPAN

我已很久没有这样专注地看过一片河水,让那蓝色河水在我的心田荡漾,泛起欢悦的涟漪;我已很久没有这样专注地欣赏过一朵云的形状,并在那洁白中让视线清净,让内心纯洁;我也很久没有这样专注地对自己的内心加以关注,即便它早已疲于跟随我在生活中颠簸奔忙⋯⋯

花一样的生活。其实，是许多人还没有意识到，我们正在逼迫自然做出一些回应。

当站在草原上的这一刻，我如释重负。就像囚犯得以获释，鸟儿离开了竹笼。我感到目光清爽洁净。远处的大雁和野鸭正在蓝色的泡子里低声歌唱。

六月的草原还没有真正苏醒。只有一些性急的委陵菜和顶冰花正匆忙而草率地装点着大地。整个草原看起来还是一片枯黄色，不过它们正在隐退，就像退休的工人一样，正把工作转交给更多朝气蓬勃的年轻人。那一层浅浅的新绿，正在悄悄地蔓延、渗透，像有人用画笔在不断调试着油彩板上的绿色一样，富有耐心而信心十足。偶尔会走神拿错了画笔，结果，一点黄、一点红落下来，就开成了一朵朵小花，无意中让一幅画多了几分生机和自然的雅韵。

由于夏季风大，这块草原又和森林接壤，考虑到当下正处于夏季防火期，所以我要修造小屋的计划不得不向后推迟一段日子。

这段时间里，我一直借宿在牧民巴根那家。

巴根那家有两间土坯房，中间隔着一道火墙，即是隔断，又可供冬天取暖。屋子的东北面扎了一顶白色的蒙古包。夏日用来当厨房，冬天充当仓库。此前我每年来，都住在蒙古包里。虽然每晚我都得和蚊子周旋到半夜，但我很喜欢住这种带有古老构建和充满故事的蒙古包。

自从2013年7月我偶尔走进草原认识这家人以来，此后每年都会到访，今年已经是第四次了。只是今年没有住蒙古包，因为他们把另外一间土坯房经过翻修以后已经变得整洁漂亮，他们觉得应该把最体面舒适的住处留给客人。尽管，我早已不觉得自己是个客人。

前几年，蒙古包里还没有电灯。靠风力发电装置所存储下来的电，也仅仅只够他们短时间照明和不间断地带动一台老旧的冰柜。

入夜，我会点上蜡烛，半躺在床上看书，或想一些简单的事情。蜡烛淡黄色的微光，在照亮了部分黑暗后，余光静静地洒在从蒙古包下方探进来的一些野草上，仿佛它们和我一样都需要这一丝微光的照亮和安慰。我已经感到很满意。不只是因为这烛光给了我足够的光明，我更得以目睹草叶在烛光下的轻歌曼舞。帐篷中央的炉灶里，燃烧的柴火发出噼噼啪啪的声音。我感觉自己在欣赏一幕古老的歌剧，烛光、炉火、野草以及从棚顶漏进的星光，还原了我曾一度幻想和模拟过的某些情景。我恍若在梦里，但这一切却是真实的，触手可及，极目可视，侧耳可听。

这一切，正来自最简单的房舍和最宁静的夜色。

白天，我经常四处闲逛。不必走太远，就能满足一个人在散步时的愉悦和舒坦。

向南走不到一千米，是一片庞大的森林。森林和草原接壤处，像忽然竖起一面高大的围墙。东西方向呈一条优美的弧线，把草原和森林鲜明地一分为二。向南去，视线很快便被一片樟子松的青绿淹没在一片浩瀚之中。慢步走进树林，空气立刻清凉了许多。常年积聚的落叶，厚厚的一层，枯黄中夹杂着新绿，犹若一块新织的图案精美的毯子。期间，点缀着一些小朵的碎花，黄色居多，也有红色、蓝色和粉色的小花露出羞涩的笑容，引得痴迷的蝴蝶四处翩飞，犹豫着不知道该落在哪一朵花上表达诚意。边缘的树林不是很密，因此，大片大片的阳光在地面上漏洒出光的图案，仿佛承载着某种使命，温柔地对一些小草、幼虫、花朵和地上更多的事物给予呵护和安慰。

离开蒙古包，向西北方向走不到十分钟的路程，是一个足有十几个足球场大的水泡子，蓝宝石一般镶嵌在一片浅绿之中。其实，我更愿意把它称作湖泊，因为它具有湖泊所有内在的品格和外在的气质。风起时，微波荡漾，波声涟涟，偶有被我惊起的水鸭和大雁会随着怨声四起的鸣叫，在湖面上拖起一串水花和呲啦啦的声音，飞向离我更远的地方。在它们认为已经到达足够使自己安全的距离之后，优雅如飞机般平缓地降落在水面上，又一次把湖水挤出一道波痕。随着身后水波慢慢平静，它们又重回那种悠然的状态。湖水很快愈合，不再惊慌，不再荡漾，重归蓝色的幽静。这些鸟儿也重新回到它们的世界，或一起窃窃私语，恩爱甜蜜；或独自悠然，端庄高贵，享受着背上的阳光，沐浴着湖水的清凉，似乎早已忘了方才令它们惊慌和不安的人类。

沿着湖边独自漫步。脚下绒绒细草正在阳光下抽出新叶，或者把一些更小的花用心照顾着，就像母亲照顾新生的婴儿一样，使每一片鲜艳的花瓣都有机会绽开。

我俯下身，仔细观察着这些可爱的生灵，我发现，它们比我拥有更多的自由。我离开城市，离开喧嚣的街头和人群时，似乎并没有清楚这个选择意味着什么。

也许有人觉得这是一种逃避，就像不堪忍受庞大的浮躁落荒而逃一样。但事实并非如此。我并没有打算去做一个隐士，远离红尘。我知道自己是要去寻求一些什么的。我带了六箱书，还有相机和日记本，这些东西基本能明确我内心所希望的一种生活。

在城市，我看惯了人们脸上那些疲惫、劳累、迷惘，甚至绝望的表情。人们似乎整天为了所谓的幸福生活而四处紧张忙碌地奔波着，但多数人的努力总是收效甚微。他们愈是看重的目标，并不是距离他们越来越近，而是以一种相反的方向，正在离初衷越来越远。现代科技的快速发展正在以各种方式替人类生活，看样子似乎的确为人类分担了不少脑力和体力上的负重，但是，人们似乎从这种先进和便利的科技帮助下，并没有获得多少真正的轻松和空闲。倒是这种快捷便利的生活方式正在像杀虫剂一样，让那些本该从生活中获得快乐的体验和幸福感受正迅速枯萎和消失。

方便快捷的交通和通信，虽然缩短了人们空间和时间上的距离，但同时消失的，还有那些在长途行进时心中美好的憧憬和希望，以及人们面对面倾诉的温暖和抚慰。事实证明，人们在现代科技的帮助下，并没有以同样的速度获得成倍的幸福感，人们离内心原初快乐的源泉越来越远，同时幸福的纯度也越来越浑浊。

我已经参加工作有二十多年了，当我仔细回顾时，发现自己并没有为这个社会做出什么贡献，也没有让自己窘迫的生活变得更加富有。唯一可以确定的是，我已经活过了几十年不曾被我真正在意过的美好时光。当我终于明白自己开始留恋过去的时候，我已经失去了过去。

美国作家梭罗在他的著作《瓦尔登湖》一书中说：我看到镇子上的好多年轻人，他们的不幸来源于继承田产、农舍、牲畜、农耕器具，因为得到这些东西很容易，而要摆脱这些就难了。他们还不如出生在空旷的原野，被狼喂养长大，还能更加看清楚他们辛苦耕种的土地到底是什么样子。是谁让他们成为土地的奴隶？一抔泥土足矣，为何要让他们贪食六十英亩？为什么他们刚刚出生，就开始为自己挖掘坟墓？他又说：人们在一个错误的支配下劳动，人一生中最好的年华都被犁入泥土，化为粪土、肥料。古书上所说的，一种似是而非、通常被称作为必然的"宿命"支配着人们，积累财富，蛀虫和毒锈腐蚀它们，盗贼闯入他们的家门把这些财富劫掠一空。这是只有愚蠢的人才会过的生活，也许他们生前不知道，但到生命的尽头，他们终会明白这一点。据说里昂和比拉是通过肩膀向后扔石头来创造了人类。梭罗坦言道：大多数人由于无知或者错误整天生活在无止境的忧虑和繁重的苦力当中，这些人注定不能采集到生命中甜美的果实。

庆幸的是，我似乎终于发现，我正是那个在错误的支配下劳动的人。

我已很久没有这样专注地看过一片湖水，让那蓝色湖水在我的心田荡漾，泛起欢悦的涟漪；我已很久没有这样专注地欣赏过一朵云的形状，并在那洁白中让视线清净，让内心纯洁；我也很久没有这样专注地对自己的内心加以关注，即便它早已疲于跟随我在生活中颠簸奔忙。我总是忽略对它的关照、理解，或是给予它哪怕短暂的时间和空闲来享受轻风和阳光。大部分时间里，它跟随我应付着各种无意义的应酬——在银行的大厅里排队，在领导办公室门外等待对一份宣传材料的审阅和签字……现在想，它是多么无奈，坚持

盖房，无疑是一件大事。

陪我在嘈杂的酒桌前面对一些不得不认为重要的面孔强颜欢笑，就像用外力把一朵还不想绽放的花蕾强行掰开一样。结果是，我们希望的结果比这朵花凋谢得还要迅速。很多时候，我们都在用过度的投入做着一些多余而无用的工作。更不幸的是，在这种无用的辛苦中，我们却并未发现自己是在做一件错误的事情。

　　正如惠特曼所说：当你在商业、政治、交际、爱情诸如此类的东西中精疲力竭之后，你发现这些都不能让人满意，无法永久地忍受下去——那么还剩下什么？自然剩了下来。从它们迟钝的幽深处，引出一个人与户外、树木、田野、季节的变化——白天的太阳和夜晚天空的群星的密切关联。其实，我们不是注重了什么，只是忽略了自然，疏离了自然。自然才是我们生息的快乐的本源。爱默生在《自然》一文中感慨：我爱上了质朴而不朽的美。在荒野之中，我发现了比在大街和村庄里更亲密、更同源的东西。在平静的夜色中，尤其在遥远的地平线上，人们看到了多少和他的本质一样美的东西……其效果就像我在正确地思维或正当地行事时，有一种境界更高的思想或更美妙的情感向我涌来一般。

此刻，我在这片湖水前感受到了这些，仿佛也看见了那些质朴而不朽的美。

6月17日，在经过一段时间的等待和准备后，我终于迎来了修造自己独居小屋的时刻。我把地址选在了一处靠近河流的地方。那里偏僻幽静，视野开阔荒凉。这得感谢巴根那一家对我一直以来的极大帮助。在他们的引荐和磋商下，牧民铁山一家答应我在他们靠近河边的一处草地上搭建小屋并独自居住。那里距离巴根那家有八公里左右，离最近的铁山家也有近十分钟的路程。

这天上午，从四十多千米之外骑摩托过来的四个工人，开始给我打砌屋基。这里靠近河道，所以生长着许多只有河套周围才会出现的毛柳、山丁子和稠李子树，还有一些密密麻麻的灌木丛。

我的小屋建在距离河边不到四百步的地方，虽然不能一眼触及这条名叫辉河的河流，但是，这段距离却再合适不过做悠闲的散步了。这片靠近河流的旷野，泥土湿润肥沃，草木旺盛葱郁，更有野韭菜、山刺玫、石竹、老鹳草、委陵菜、苜蓿、野罂粟、蒲公英、绣线菊等几十种花草此起彼伏的绽放着。因此，我感到十分满意。

小屋坐北朝南，正好处于正前方两行山丁子树的中间。左右两行树木，形成各有三十多米长的树丛，中间空出近二十米的空隙，正好让我的小屋镶于期间，而且不阻碍视线。我觉得这两行低矮的、造型怪异的树木，好像是专门为了我的小屋生长在这里一般。

　　能亲自参与小屋的修建是件十分美好的事情。除过不用担心房屋的质量外，更重要的是，你充分了解了房屋的每一块骨骼，而这每一块骨骼上，又渗入了你深情的目光、你辛苦的汗水以及你的一部分体温。因此，这些石头便有了温度，有了安放我们希望的可能。由此，人和居所才真正有了一种烟火的关联、情感的关联。就像你亲身关照的一片土地，经过春播夏锄、辛勤的耕耘和精心的照料，才能长出令人欣喜的庄稼。自己亲手参与建造屋舍，更容易滋长出"无机"的幸福和内心的安稳。

　　我没有想到，仅用了一天，地基就全部打好了。之后，我得等待另一拨安装彩钢板的工人。

　　前后五六天的时间，我的小屋落成了。

　　当第一缕炊烟在屋顶袅袅升起时，蓝天深情地拥抱了它。我站在山丁子清凉的树荫下，内心无限满足。能想象来，我的脸上一定挂着一种富翁般的神情。

　　几十年来，我似乎终于做了一件真正有意义的大事。

　　想到以后我将在这里度过两年缓慢而美妙的时光，阅读、写作、关注花开花落、用柴火烧水做饭、静静地遐想思索、关照一度迷惘的内心……我已经激动不已了。我的想象让心跳剧增，但同时深受安宁的抚慰。

　　六月末的草原已经一派勃勃生机，遍地的蒲公英，高傲自由地在迎风摇曳。家雀吵闹着从一棵树飞向另一棵树，像是在开会，但不知道它们面临什么样的问题。或许,是突然出现在草地上的这间小屋引起了它们的关注和不安?但我相信,不久之后我们就会成为友好的邻居,并且每天都能听到它们愉快的歌声。那一刻,或许我正在树荫下看书、喝茶,或者在洗一件衣服,它们的歌声正是这无比祥和世界里美妙的一部分。

我的小屋长6米,宽4米,在这珍贵的24平方米的空间里,我用一面火墙将其一分为二。火墙的一面垒了2米见方的火炕,剩下的部分,兼做书房、厨房、客厅。我在镇上花了600块钱打了一个书架,这是屋子里唯一值钱的家具。我从邻居家的柴火堆里挑拣了一些原木树墩,分别做了茶桌,凳子,以及书桌的桌腿。这为我节省了不少花销。更令人欢悦的是,这些木质的东西十分符合我内心

人类所需要的,在大自然中都可以得到满足。我的独居生活从河畔小屋开始。

的需求。无论是坐在原木凳子上看书、思考，还是喝茶、吃饭，都会让人有一种回归原始的恬淡心境。虽然这些差点被当作柴火烧掉的樟子松已经接近腐朽，或者说已完成了作为一棵树的使命，但它们依然能散发出浓郁的芳香。这些令人沉醉的芳香使整个屋子里香气弥漫，使人不由得联想到森林，联想到一棵树在风雨中大笑。你可以联想到，它从一株幼苗成长为一棵大树的历程，它树顶上婆娑的阳光、摇曳的月光，以及松鼠们的欢闹和一只猫头鹰寂寞而深情的歌声。它曾经是雄伟森林的一部分，它生长成美，也展现过美。它承载过一些人的仰视，也经受过雷电的锻造；它饱含过生命的热情、生长的信念，也一定有过只有树才能感受到的快乐和甜蜜。如今，我坐在这里，在它还不断散发出的芳香里想象着这些，多么幸运！我被一种神圣的恩惠所包裹着。我应该向自然表示敬畏，向一棵树表示敬畏。这是必要的。我为此刻产生这样的想法而感到欣慰。更为能在这样一间小屋里，享受这几十年甚至几百年时光所沉淀的松香而深感幸福。

　　事实上，我们一生从自然中获取的馈赠和快乐要远远多于从物质中得到的。前者比之后者，也更为重要，甚至意味着一切。不用举例说明，单就是水和空气，便胜过所有物质的珍贵。

　　此刻，我觉得自己无比富有。整个屋舍的建造和一些生活设施我花费了不到两万块钱，但我觉得，这个结果所具有的价值远远超过钱本身的价值，甚至不知道应该翻了多少倍！

　　我的独居生活就此开始，从我用柴火熬出的第一锅小米粥开始。

生活的开端

凌晨五点,窗外的鸟鸣已经如热闹的早市一样,一片喧嚣。

如今,每天清晨,我都会被窗外这些鸟啼从睡梦中唤醒。一睁眼,阳光已经落在窗台上,空气一样新鲜,令人顿时对新的一天充满了好感和热情。

夏天的草原,白昼是缓慢的。太阳凌晨四点以前就从地平线上缓缓升起,一直到晚上九点才收起最后一缕余晖,像牧人赶着一只离群的绵羊缓缓归去一般,寂静,肃穆。之后,太阳暂时把白昼交给了夜晚,交给了星星和月亮。牧民也把草原暂时交给风、野兔、狍子以及幽灵一样张望、觅食的狐狸。

夜晚,草原是另一些醒着的生命的白昼,是世界另一部分的和谐与精彩。虽然食物链上，时刻都上演着因为生存而进行的博弈，尽管我们有时候认为是残酷的。但一切又发生得合情合理。一朵花悄然凋谢、一棵树在风中老死、一粒种子发芽、一只摆在群狼宴席上的鹿或兔子、一只猫头鹰悲情的歌声……都是万物轮回中存在和死灭的神圣仪式。相比人类的妄想和对自然规则的恣意破坏，这些发生在夜幕下如同云聚雾散的进化，是如此富有秩序。

七月就要过去。时间在这里静静地流逝，如同草原上正在盛开的金莲花或者正在凋谢的苜蓿花。

时下，我已经在河畔小屋里度过了一段宁静的时光。每天，从睡梦中自然地醒来，或是被一只落在窗台上的喜鹊的欢快歌声唤醒。我很庆幸，不再是被城市的噪声、钢铁的撞击声，或者是机械的闹铃声唤醒；我很庆幸，不再是一睁眼，内心全是紧张而烦乱的需要面对的日常：挤公交、签到、刷卡、餐厅排队，甚至做一些毫无意义的工作。而是在一种寂静、清脆、空灵的鸟啼或虫鸣的自然声息中醒了过来。因为没有什么迫切的事情需要急着起床，所以，我经常会趴在炕头，抽一支烟，听着窗外山丁子树上麻雀充满感情的愉快欢唱。

微风中，鲜绿的树叶婆娑摇曳着，犹如一首曼妙的曲子，你能看到音符在树叶上跳动起伏，而麻雀在树枝间飞来飞去，像随着优美的旋律跳舞一般。有时，我会在这样的情形下懊悔地想到，在以往那种忙碌喧闹的生活中白白浪费了多少美丽的时光！甚至会对自己当初的愚昧产生愤怒和同情。但是，我知道，我终将获得自己的原谅。

清晨，我会迎着清新的日出在草地上走上几分钟，或者更久一些。呼吸着新鲜的空气，让身心充满健康的愉悦。接着我会做一些生活中需要料理的事情。打几桶井水，劈几块木柴。

近日，围绕小屋所做的篱笆墙就要完工了。我喜欢做这样的事情。我已很久没有从一把锯子、一颗钉子或者一根木头里获得过快乐了。就像我很久没有在静谧的夜色中仰望过星空一样。我也相信，甚至同情如我此前那样每天沉溺在忙乱中又似乎总两手空空的人，我们有多久没有享受过田野上一朵小花带来的惊喜和欢悦了；有多久没有深情地望着一片洁白的云朵享受过天空湛蓝的抚慰了；有多久没有在一种自己真正愿意的劳动中获得过纯粹的快乐了。如果有人愿意想想自己的过去，就会发现，有多少盲目的付出是毫无意义的，有多少所谓的努力是没有价值和回报的。即便有，有些回报也绝不会给身心带来真正的快乐，带来的或许恰恰是一些多余的烦恼和负担。

我喜欢听锯子在木头上发出音乐般具有韧性的声音。这声音，有时候会让我想起童年，想起一个孩子望着树上的野果，那种闪烁在眼睛里的晶莹的喜悦。

很感激巴根那给我送来这些做篱笆的木杆。他的无私帮助，不仅解决了我生活中的不少困难，也让我深深感到草原人的真诚和善良。即便这些帮助可能只是一些细小的事情，但是，源自人内心那份友善真挚的情感，总是如春风一样让我感到温暖。对冷漠的城市来说，这些都是奢侈品。

好几天，我一直在酷热中干一些并不怎么耗费体力的事情，但热情的汗水还是一次次出现在我的身上、我的脸上。尽管如此，我还是觉得自己在做着一件能让身心快乐的事情。当我坐在阴凉处歇息时，我会望着自己亲手做好的木篱笆，像农民望着自己的麦田一样心里充满了成就感。我已经很久没有因为做一件自己喜欢做的事情而流过这么多汗水了。那汹涌的汗珠，多么像澎湃在一个人内心的喜悦，让人心甘情愿被阳光炙烤，被些许的劳累唤醒麻木的身体，从而为体力的付出而获取丰硕的回报感到快乐。

我收获着这些来自最为琐碎的劳动所带来的满足和欣慰。面对一根普通的木头，我也能联想到一片森林，联想到岁月是如何为一根生长过的木头倾注关照和滋润。这样想的时候，一截干枯的木头便会变得饱满，富含丰盈的内容。如今，这些木头被我所用，似乎它们在存活中有某一段的意义，就是为了能让一个人在制作篱笆的过程里获得快乐，这似乎延长了一根木头存在的价值。当然，锯子和斧头帮了我的忙。仿佛正是它们的参与，才让我一度惶惑的目光这样温柔亲切地在一根木头上停留，并在那些优美的纹理中，看到更多本质的美。时间，生命，自然，一切相关的奇妙的联系，让我的想象如镀了金子一样闪耀着光芒。

人，多么需要谦卑地接近自然的事物，并从中得到启发和心灵的慰藉。

人类所需要的，在大自然中都可以得到满足。

爱默生说：自然提供给人的，不仅仅是物质，还有过程和结果。所有这一切都在不断携手，给人类带来好处。风播种种子，太阳蒸发海水；风又把水蒸气吹到田野上空；而地球另一端的冰，则将水蒸气凝固成雨；雨滋润了植物，植物向动物供食。就这样，上帝仁慈的无限循环养育了人类。因此，人类应该对自然充满感激和敬畏。我们从一滴水、一棵树、一粒种子上都应该发现光亮的慈悲，然后去珍视自然的造物，珍惜每一颗粮食，爱护每一片树林。因为，这一切，事关我们的生存和健康，而且更具深远的意义。

当生活终于像负重的火车在进站处缓缓慢下来的时候，我发现，原本可能被我们厌恶和感到烦琐的一些事情都变得生动起来。

我生来对食物缺乏敏感，所以，在食物面前的迟钝就注定了我不会轻易被什么美味所诱惑。一日三餐，对我来说更像是一种可有可无的仪式。我甚至从来没有对身体所需的营养有过细微的了解。正如爱默生所说：人之所以吃饭，不是因为他可以进食，而是因为他可以工作。我很乐意把这句话与我的想法融为一体。

尽管如此，在我独居的日子里，我并没有对做饭失去应有的兴趣。可能只是熬一锅小米粥，我也会在井水沸腾时的翻滚中发现一种沸腾的美。我用心地做每一顿饭，虽然这里不会有太多精美的食材供我想象和烹饪，可是，这一点不会剥夺我在烧制简单饭菜的过程里隐藏的那些快乐。在做饭这件事情上，我不会浪费太多的时间。通常，一顿饭我半个钟头就可以做好。有时候，甚至只需要五六分钟，我就可以坐在餐桌前慢慢地享用了。简单的饭菜，是不需要花费太多心思和时间的。即便是做一顿手擀面，我也会在十几分钟内愉快地完成。

有时候我会不由得想，人们为何要在吃饭这件事情上花费那么多的精力和时间呢？

在我看来，全世界没有哪个国家的人会像中国人这样愿意在吃这件事情上，耗费大量的财力、物力和精力。我对中国所谓博大精深的饮食文化几乎没有一点了解。可是，我对中国人的吃，有时候会感到十分的震惊和不解。如果说只是为了满足食欲和身体的需要，愿意投入更多的时间和精力去制作一顿美食倒也罢了。可是，让人难以理解的是，中国人在食物方面的浪费却是如此令人触目惊心。中国人的饮食和餐桌文化，在某种程度来说是一种历史的传承和演进，我毫不怀疑，我也相信，它承载着一些极其珍贵的东西。但是这种文化的背后却隐藏着巨大的悲剧，不只是对自然资源毫无敬畏的掠夺，更重要的是它将会颠覆人性中固有的善良和爱。没有什么动物是上不了中国人的餐桌的，也没有什么能阻挡中国人与生俱来的好胃口对美食的贪欲。在中国，一桌饭几千、上万是十分普遍的，更有甚者，动辄十几万、几十万，这样的饭菜，实在是难为了我的想象力。

根据中国权威机构的统计，中国人每年在餐桌上浪费的粮食价值高达2000亿元，被倒掉的食物相当于2亿多人一年的口粮。一个民族文化的标志不在于它多富有，而在于它的国民珍惜每一粒粮食和每一滴水。当一个民族的很多人都在肆意浪费粮食，这个民族一定深陷道德危机的旋涡。古人云："一粥一饭，当思来之不易；半丝半缕，恒念物力维艰。"勤俭不是吃苦，而是让我们好好珍惜有限的资源。

梭罗在《瓦尔登湖》一书中说：信念和经验使我深信，这个世界上，只要我们过简朴明智的生活，养活自己不是件苦差事，而是消遣；正如较为纯朴的民族从事的工作，对于崇尚人造物质的民族只是娱乐而已。人并不需要满头大汗才能养活自己，除非他比我容易出汗……人类竟然到了这样的境地，他们经常挨饿，不是因为缺少必需品，而是因为缺少奢侈品。崇尚简朴的生活，是人类共有的美好的愿望。但是，当人类一旦误入贪欲、奢侈、享乐生活的洪涛中时，人性中另一面的美好就会被这种堕落的生活所泯灭。

人不是为了吃饭才来到这个世界的。吃饭，是为了让人们去做一些比吃饭更重要的事情。

食物从本质上来说，只是给人体提供一部分的热量。就像我们用火取暖。用一根榆木烧出的火焰，并不会比黄花梨烧出的火焰卑微多少；吃龙虾的人未必比吃土豆的人聪明多少。如果我们不能认识事物的本质，就很容易走向偏激，甚至会对生命和灵魂造成无法治愈的伤害。要知道，每个人的生命只有一次。虽然犯错是不可避免，但是一味犯错而不知修正和悔改，那必将遭遇惩罚，也是悲哀的。

一个夏日的午后，突然下了场不急不缓的中雨。雨刚停，云就开始退去，没过半个时辰，天空已经空荡荡的，只剩下浆染过的天蓝色。西陲的斜阳，缕缕清澈的光线，犹若彩染的丝绸，光洁、柔和，就像经过一番精心布置后的新婚洞房，充满了温馨和浪漫。

我穿了靴子，去草地上散步。整个大地绿莹莹的，所有的花草都因为这场雨水的滋润生机十足。

野罂粟金色的花瓣上摇曳着一颗颗明亮的雨珠，使得本就艳丽妩媚的它们更加娇美妖艳；白鲜粉白相间的花朵，静静地躲在草叶间，纯洁且矜持，似乎有些羞怯，那娇美白皙的容颜上，满是晕开的粉色羞赧；在一丛旺草深处，细叶百合突兀地探出它红红的嘴唇，正挑逗着一只不知所措的慌乱的蜜蜂。突然，从河边的草丛里跃出几只笨拙的大雁，它们急速地拍打着翅膀，仿佛因为雨水的浸透而显得十分沉重。它们在我的视线中渐渐远去，那巨大的翼展因为夕阳余晖的映照而显得辉煌绚烂。

生活，就此以全新的开端把我带进独居的幽静和安然。

现在，我终于有时间独自坐在草地上看夕阳如何缓缓下落，看到被晚霞绛染的时光是如何令人惊艳和珍惜。此间，我会很清楚地知道，我度过了一段怎样令人温暖且实实在在的生活，而不是混沌的、模糊的生活。时光是可以触摸的，在一片树叶上、一滴雨水上、一阵轻风中，我们经过触摸，方能感到生命之于这个世界的真实。这是许多人所向往的，但又总被人忽略。

许多人，匆匆走过一生，却不知道自己走过了怎样的一生。有幸，我终于在生活的疾驰中慢了下来，开始留意身边更多细微的事物，欣赏日出日落，关心气温的升降，在乎眼前的河流，并且觉得自己从中收获了许多以往从来没有的快乐和满足。

六月的乐曲

坡尔德的六月是在不停息的大风中慢慢鲜活起来的。也是在这大风中，一片片野草又长高了一截，一朵朵野花奔赴在花期中。

似乎没有这大风的帮助和催促，这片性情缓慢的土地便迟迟不愿醒来，还继续懒睡在大地的怀抱里，享受着恬淡而甜蜜的梦境。或许是这片土地还没有过分地耗尽地力，还没有被人类注入更多的化肥和激素，所以，还像一个幼稚贪玩的孩童一样单纯、任性……这是一片不慌不忙、不急不躁的土地，所以，她所孕育的生命也就十分信赖地遵循着自然的规律，极少被外界干扰。

即使到了六月中旬，一贯在草原上任性的风依然会时不时地掀起一天浓重的乌云，尽情创作着一幅幅令人惊叹而又极富感染的天景大作。白云，在草原的天空上，活出了最为精彩的一生。

有时候，草原上空的云朵密集又多变，阳光便极其默契地配合着给大地上投下一块一块庞大的阴影，有时像躺在草地上的一座大山，有时如一头巨大的怪兽游走在阔大的草原上。同时，阳光却极其温柔细心地把一层层柔黄的金粉玉沫，均匀地涂抹在草原清新秀气的脸颊上。那种金色的浅黄，并没有金属质感里的冰冷，却富含着水的柔情。因此，在同一时段里，广阔的草原总是以各种色彩的堆积而呈现着令人惊叹又多变的绚丽和繁华。而天空之上，浓云堆积、阳光喷射，时而让你感到紧张和压抑，时而又如大海般仿佛吞噬了陆上的一切，显得无限的深邃和阔大。那种空似乎容纳了一切，又似乎空无一物，只让人觉得深远和广阔，让人的想象在这辽阔的博大里只能感到一种浅薄和无能为力的自卑。

如一粒微尘的我，常常在这种神奇的景象面前像瞬间变傻的人一样，在纠结的内心里为找不到一个可以与眼前辉煌的天地相匹配的词而有些失落。

事实上，太多的自然景象从未停止过它们的华丽呈现。只是，那么多精彩的过程，总是被我们这些忙碌的人视而不见。想想，我们又错过了多少这样自然界的华丽篇章和精彩瞬间。能在这样壮丽而没有一点矫揉造作的大自然的作品前，痴傻那么几次，又是多么令人难忘和享受的事情啊！

对于常人来说，这不是一件需要付出多少努力和时间就可以实现的廉价的享受。如果你还没有经历过这种震撼心灵的深刻的体验，那么，我建议你看看头顶的天空，或暂时离开商场或者办公室，去看看大地上那些亲切的事物。比如汹涌的麦浪，风中跳舞的高粱和玉米……无论你多么悲观厌世，缺乏生活的激情，它们都会让你重新获得对这个世界的热爱之情，并且愿意用它们天然的内秀和外在的清新给心灵镀上一层祖母绿般的鲜活。

有时候，我会问自己：难道你愿意一直漠视或只负重着物质的黄金却不愿意仰望高空蓝天的辽阔，而让时间的流逝因此毫无意义吗？难道你愿意杜绝从这种自然的天地间获得更多的快乐吗？

星星永远在那里，太阳和月亮也一直在那里。可是，一些人，从来不会从这些天象的景观里获得过任何快乐，哪怕是一生里的一瞬间也没有。他们忽视这些存在的美丽，就像忽视生命中还有灵魂

草原上空的云朵密集又多变，阳光便极其默契地配合着给大地上投下一块一块庞大的阴影，有时像躺在草地上的一座大山，有时如一头巨大的怪兽游走在阔大的草原上。

一样。

当然，人类最擅长的是给自己找各种各样的借口。

过了六月中旬，风的势头明显减弱了一些，加上偶尔会下几场草原迫切需要的雨水，防火的严峻形势也就稍微地缓和了一些。这也意味着，我能为自己张罗修房子的事情了。

盖房，无疑是一件大事。不管房子盖的大小，都是一件需要人投注许多精力的事情。如果不是有身边这些热情牧民们的帮助，我会为这样一件事情熬到焦头烂额。

虽然对于建房所需要的材料我已经盘算过好多次，但是，在这过程中总会出现一些让人措手不及的问题。我没想到，一座简易的房屋，还需要用当地如大理石一样的石头铺地基，需要在地基里打进钢筋和钢板焊接的预埋架，还需要从几十里路以外拉运黏土，还需要水泥、砖头，还需要……好在，这一件件的事情，在我的努力和左邻右舍的帮助下，都被顺利或者不顺利地理出了头绪。

6月17日的这一天，在我满怀期待和兴奋中迎来了正式为房子下线和打地基的日子。

一大早，几位工匠师傅骑着摩托车从几十公里之外的南辉苏木赶了过来。还是前两年给巴根那家盖房子的那几位工人，因为此前遇过，所以少有拘束。等他们匆匆喝完一壶奶茶，我们便一起前往距离巴根那家有七八公里之外的辉河边。因为我要建房的地方距离辉河只有三四百步远，所以，早先前，我就在心里给自己的小屋取了个优雅的名字——河畔小屋。

按照我的意向，几位工人很快确定了房子的坐向，并且下好了基线。我也没有闲着，愉快地穿梭在那些需要我付出努力的事情里，心里装着一腔莫名的激动。

期间，石头和铁锤碰撞所发出的声音听起来是那样的悦耳动人；堆积成小山丘一样的泥沙里，流水在其间打着漂亮的漩涡，伴着铁锹的搅动，发出哗啦哗啦沉重又欢快的声音。仿佛那是流水和泥沙共同协奏的曲子，具有某种传统音乐所蕴含的古老的旋律。

我一边搅动着泥沙，一边愉快地想象着自己就像一只刚刚从远方归来即将落在泥巢里的燕子，对自己的故居充满了久违的欣喜和内心的安抚。我确如燕子一样，但不是对故居的屋檐充满眷恋，而是在筑巢的喜悦里，让心灵将有一个温暖的归宿。

盖这样一间屋子，让我心里充满了成就感，这有别于在其他任何地方，只是因为在这里拥有一间屋子而澎湃在心里的成就感。何况，这是自己亲手参与建造的一间房屋。这些石块和砖头甚至泥浆里是融入过一个人深情的目光和美好的期望，也融入了我的汗水，融入过我对一间房屋从无到有的所有细微的知觉。如果一个人的快乐是自己亲手创造并植入在内心，而不是从别人那里分享或者切割的一份像冰块一样很快会消融的快乐，那么，前者的那种快乐，就会更持久，更能激发一个人的幸福感。

砌房基的工作没有我想象的那么复杂。也就一个上午的时间，随着最后一块青色的石头被裹上柔软的泥浆后，打造地基的所有劳动便宣告结束。

对于别人来说，也许这只是意味着一件事情的结束，可是对于我来说，这才是更多喜悦的诞生和希望被逐步实现的美好的开始。

看着那一圈被白色的石头和水泥砂浆所凝固而成的长方形的地基，我觉得，那就是一道跃动在大地上的旋律，是一首曲子里令人感到兴奋的前奏。它的周边，是一个被鲜花和野草装饰一新的巨大的舞台，想象那舞台中央，在那一圈地基跃动的旋律中央，一定有一个最幸福的观众沉浸在其中。

是的，未来的日子和所有要经历的生活就是一首暂时还不会有结尾的乐曲。从这里每走过一步，或者基于这座房子完全建成时里面所增添的每一件物品，都会成为这首乐曲里生动的音符，都会是美好且恰当的，它们共同组成开篇最为精彩的一部分。

等待地基凝固的几天里，我又满怀期望地数着日子，等待着另一波做彩钢房的师傅们。相信他们的到来，和他们将要在这地基之上建造的房舍，又会以更为迷人的旋律，汇入这生活浩大的乐章里，成为又一部分的精彩。

这是我眼下多么急切的盼望啊！

秩序

最近一些天,几乎没有认真地看过一本书,更没有写过几段像样的文字。但我却意外发现,我竟没有为此产生焦躁的情绪和不好的心情。我每天沉浸在为小屋制作各种桌椅、布衣柜、外接手机信号增大器等生活设施的工作里,过着舒缓无忧的日子。

这些事情对我来说,完全是新鲜的。我时常得去周边林子里捡拾朽木和枯死的枝丫回来,储备燃料。

走在林子里,一边听着轻灵明快的鸟鸣,一边听着风从树荫间掀起潮汐般的汹涌声,这是森林特有的曲子。我用目光搜索着那些能带给我阵阵惊喜的枯木干枝,体验着林子里特有的静谧时光。

天气有时候很热。热浪里有成群结队的蚊蝇在人周边尽情狂欢、喧闹，甚至有些会悄悄附着在我很难发现的后背和颈部，贪婪地吮吸一阵子，直到它们心满意足离开时，再用毒素鼓起一个个小包大包，以掩饰它们盗窃的罪行。这些家伙虽然让人头痛，但它们和你我一样享有在这片草地上生存的权利。有时会因此恍然大悟：这个世界不只是人类的。我们和这些所有庞大或者细微的生命都不过是这个世界的过客，都同样享有自然各种慷慨的馈赠，也同样要接受自然的法则。我们和许多生命不停邂逅、遭遇，也发生着种种冲突或从对方身上获取有利于自己的好处。这大概就是自然天地不言不语的规律所在。从古至今，没有什么能轻易改变。

　　如果能学会和大自然或多或少地交流，就会从它的大智若愚中获得种种启发和快乐。这将使不断走向自然的人的内心变得越来越宽容，视野越来越宽阔。当真正意识到人只不过是这个世界上众多生物里微不足道的一个物种，也迟早会有从这个世界消失的一天，那么，谁还愿意在这短暂的一生里，贪得太多本来无用的东西，或者给自己竖立更多的敌人呢？当然，所谓的敌人，并不只是人类。

　　生存对于这个世界所有的生命来说，都是残酷的。我们固然不能改变自然界的生存游戏，但最好不要轻易跃出这个游戏的界限。我们可以在古老的自然法则里捕鱼充饥、种稻求存。但如果去滥杀生存游戏之外那些无辜的生命，以满足自己额外的欲望，甚至入侵它们的生存领地，那么，我们必将会在这些罪孽里受到自然的惩罚。哪怕这些惩罚在当下我们还不曾感受到，但是，自然世界可从不食言。

　　人的占有欲越是强烈，就越不能享受平静崇高和干净美好的幸福生活。因为，在大多数时间里，这些人总是为占有欲在付诸行动，透支生命。他们很少有空闲时间和心情去回味咀嚼生活的余香。他们忙碌到死，都没有顾上去欣赏一朵山桃花粉色的笑容，或者在一抹月光下，聆听过自然的天籁。更有那些心怀贪念因此走上犯罪道路给生命以致命摧残和亵渎的人，他们的幸福就像被蚊蝇包围着的一块腐肉，索然无味。

有时候，人会随手拍死一只正在胳膊上吸血的蚊蝇。这或许意味着惩罚，是自然安排下的生死规则。可是，我们并不会为拍死一只蚊虫而心存愧疚，因为这在自然的游戏之内。但是，如果你无辜地猎杀了一头漂亮的梅花鹿，你是否会内疚呢？因为，梅花鹿可没有去伤害人类，也不会威胁到一个人的生命。这样的举动，显然在自然的游戏之外。老虎或者豹子猎杀一只鹿是自然赋予的权利，而这权利，大自然并没有赋予人类。

因此，你所做的这些，便超越了自然游戏的界限。这会不会遭遇自然的审判和惩罚，或许只有参与者知道。有时候，来自内心世界忏悔的痛苦，也是一种惩罚。

这天，我驱车前往五十公里之外的南辉公社。这是距离坡尔德最近的一个乡镇，不少生活必需品我得从这里购买。

起先，我开车需要走十多公里的自然道。车子行驶在这样的道路上，开车的人没有一丝因驾驶而常有的紧张和烦躁。道路两旁，是大地铺开晾晒的一块块绿茸茸的地毯。植物的巧手，在这巨大的毯子上巧夺天工地刺绣出各种颜色的花朵，或是一整片洁白的野韭菜花在风中摇曳簇拥；或是粉色的石竹花一团一团地镶嵌在道路的

六月的草原

边上,如大地草原衣襟上漂亮的染色布扣;再远处,已经分辨不清那些花朵的种类和名称了,只一片隐约的淡黄色、紫蓝色或者玫瑰色,像水中化开的染料一样,浸染在柔软的草丛里,也印染在人的内心里,一片芬芳。

　　高处的天空,是那种宝石般的蓝。无数云朵散布在这深蓝中。这些云朵少有浓黑状,一朵一朵,像无数漂在水上的洁白的荷花。这让人的目光不由得就陷入其中久久不愿离开。就像孩子游走在童话世界里不愿离开。那样的美,能让心灵腾空俗世所有的红尘,变得越来越空,越来越干净。

　　剩下几十公里的水泥路,会让人觉得时光也像这水泥一样坚硬。这时候,我往往会一味地开足马力,向不远处的小镇疾驰。

我还从来没有像家庭主妇一样，在超市里选购肥皂、鞋刷、钢丝球、抹布、洗洁精、苏打粉、大米、鸡蛋甚至针线，今天才发现这些事细碎又有趣。

我在挑选这些生活用品的时候，每每选中一样，心里就会产生一种莫名的喜悦和满足感。仿佛这每一样东西，都会让我曾经为生活动荡不定的不安情绪最终平静下来，并且化作内心种种细微的抚慰。这让我想到每天早晨要去菜市场的母亲或者妻子，想到这曾经一度被我忽略的生活秩序里，原来是她们用无数被我忽略的爱和辛苦，才使我觉得生活的秩序从来不曾纷乱。而为什么此前我竟毫无察觉呢？我为这突然产生的意识感到惭愧也感到庆幸。这是生活给我的又一次启发，而这闪烁着光亮又朴素的道理，原来竟然就深藏在一瓶洗洁精或者一块抹布里。

想想，生活啊，多么值得我们去发现和思考！

水井

小院落成后,生活渐渐步入自己想要的缓慢节奏。只是用水还有些困难。虽然我已在这方面十分节省了,但时隔一两天,就得开车去邻居家拉水。因此,能有一口水井的愿望便时刻在心底发酵,且日益强烈。

后来,当邻居告诉我打一口水井只需一千多元时,我更是坚定了这个意愿。说来这笔钱也不算少,但想想那清澈喷涌的井水,我就会不由激动一阵子。

一天清晨,外面下着小雨,空气中充盈着让人贪婪的清新气息,吹过的风带着令人惬意的湿润。

我穿着高筒马靴,独自在篱笆围绕的小院里漫步。青草绿茸茸地铺在地上，经过一夜小雨的滋润，能看出这些旺盛的野草充满了蓬勃生机。从深浓的葱绿中，仿佛能体察到雨水的力量正在叶脉中缓缓流动。我猜测这些沐浴着细雨的野草，正在自然的关爱中享受着成长的快意。即便这里几乎荒无人烟，但当我的目光触及这一切的时候，我还是觉得它们被自然深深地宠爱着。即便身处一个无人的世界，但没有什么能阻挡它们发芽时的冲动和喜悦，没有什么能改变它们是美丽自然的一部分。

期间，一些细碎的野花在草丛中悄悄开放着。它们有着纯净的天蓝色，朝霞般的红色，绸缎般的黄色，甚至还有一些浓浓的奶油色……这些漂亮小花朵，就像点缀在这片草地上精美的配饰，是自然的精心布局。

我在小院里踱步，寻思把水井打在院子的什么位置。这不是一个复杂的问题，但我却愿意花费时间来思索和享受这个过程。虽然有细雨落在衣服或头发上，甚至单薄的衣衫已经湿透了，但这一点丝毫没有影响我继续漫步和想象的初衷。脚下的草地柔软翠绿，每走一步，都感觉是在接受草地特殊的照顾，脚底柔软的感觉让身心充满了微妙而愉悦的变化。我同时还在想一些别的事情，如泥土、雨水和植物之间的关系。

这样的思索都将有所收获。我可能会重新认识一场雨和万物的关系，并能从霏霏的雨雾中叫出一朵花的名字，认出摇着黄花的委陵菜。而在此前的都市生活中，我似乎从来都没有认真地想过这些，或是愿意花时间静静地看一场细雨。我很久没有嗅到这样清新的花草气息了，也很久没有从一朵蒲公英的花朵里享受过色彩的引诱。就连蛐蛐的鸣叫也一度从我的耳边消失了，甚至连早先那种美丽的记忆都已经枯竭。

　　此刻，我对自己曾经那种苍白的生活充满了怀疑。怎么能那么长时间地忍受没有鸟鸣和虫吟的生活？不关心粮食，不在意节气。从不愿花费时间静静地坐在一条小溪边，聆听白鹡鸰的清唱，或从眼前飘过的白云里感受到美的存在，使心灵轻松自觉地滋生出快乐的涟漪。在那么长久的时间里，少说应该有二十多年吧？我仿佛一直都在追逐生活的理想。可我从来没有像此刻距离理想这么近。我感受到此刻的呼吸是那么的自然平静。就像雨水从草叶上慢慢滑落一样清新、明亮、寂静。而在过往的那些年里，我似乎从未找到过理想。那么多年里，我看似天天都在忙碌，像钟表上的秒针一样不停地移动，但又多像在原地踏步，在以城市为半径的范围内让身心陷于都市生存的欲望中，就像陷入沼泽无法自拔。

　　直到有一天，荒原拯救了我。

　　在草原上，我学会在一朵小花里，分享它们盛开的喜悦。

　　面对一片寂静的大地，我仿佛看到了自己和那些野草共有的卑微，但是，却都在自然的恩宠下，努力地生长，抽出稚嫩的芽尖。我们都可以按照自己的意愿，成长为自己希望的样子，而不必在乎这一方的世界里，是否充满了掌声，周边是否有精美的大理石雕塑作为衬托。

　　事实上，只有将自己成长为一种风景，环境才会因你而变得诗情画意。就像眼前这些少有被人赏识的花草，却成就了草原的辽阔和广袤。

爱默生在《自然》一文中说：自然以美取悦人类，而不夹带任何世俗的好处。我曾在一天早上站在我房子后的山顶上，观赏破晓到日出的景色，那种感受天使也愿意分享……我似乎参与了自然瞬间万变的历程，它活泼的光芒照到了我的脚下，我在晨风中长大，和晨风携手合作。自然竟以那么一点廉价的元素就使我们神化了！只要给我健康和一天的时间，我就能把帝皇们的华贵贬得一钱不值。

我想，这个清晨，自然赋予我的收获已经够多了。

这时候，在一片朦胧的雨幕中，几位打水井的师傅们正开着一辆白色的面包车向我的小屋驶来。我已经好几天没有与人说话了，看到他们从雨雾中慢慢向我驶来，我心里充满了莫名的喜悦和兴奋。

小雨并没有停的迹象，但却丝毫没有妨碍师傅们打井的程序和进程。

我第一次看到草原上这种纯人工打井的作业方式。这个过程，相对简单，三个人各司其职、有条不紊，看起来既原始又古老，让人想到油坊里那些朴素的情景。据说，这种打井方式已经在草原流传了几百年，虽然现代科技已经极大地改变了许多原有的生产生活模式，但草原却留下了这种古老的打井方式，这既是一种传统，也是在条件相对落后的情景下所呈现出的一道独特风景。

如果要把这种打井技艺做一番详细的描述，是有点困难的，何况我是一个不善于解说的人。所以，也不想用太多的篇幅去做一番未必准确的描述。

在他们工作的几个小时里，我几乎没有离开过现场。我觉得参与一口水井的诞生实在是一件神圣的、庄严的、能让人热血澎湃的事情。虽然我并未能帮上任何一点忙。

每当他们的打井工具向地下延伸一米，我都觉得自己的紧张和喜悦也随之增加了一米。那种紧张，是兴奋，也是担忧。当水井打到十米左右的时候，领头的师傅说："成了，可以下管子了"。那一刻，我觉得自己的内心就是一个泉眼，正喷涌着清澈的泉水，喷涌着喜悦、兴奋、知足和从未有过的一种富有感。

草原的地下水极其丰富，没有什么污染，所以，没费多大工夫，在手压井压臂的作用下，一股股的井水就被抽了上来。看着清澈透明的井水在白色塑料管中呼吸般喷涌而出，我的心跳也随之律动和欢悦。

这是一场注定的遇见，只为找到一个深藏在地下的泉眼。

我竟然拥有了一口自己的水井？

这要是放在城市里，该是多么传奇和奢华的事情。

对于打了无数水井的师傅们来说，这只是他们又一次完成了能增添些许收入的工作而已。但于我而言，却不亚于中了生命中的一次头彩。捧着塑料管的一头，我不管不顾地品尝着这来自地下泉水的冰凉和甘甜。这是大地的馈赠，我无法回报，唯有敬畏和感激。

给师傅们付工钱的时候，我一点儿都没觉得心疼，似乎也从来没有觉得花钱竟然能让人如此心甘情愿且物有所值。

我热情地用羊肉挂面和海拉尔纯粮酒招待了他们。于我而言，他们只是用劳动换取了他们应得的报酬，可我的收获却是巨大的。这种收获是金钱无法衡量的。

我终于拥有了自己的水井。

每当看着水井上的压臂，我总有一种想去打水的冲动。有时又觉得因为拥有一口水井，我就像拥有上万亩土地的农场主一样自豪。

水井打成后，我并没有去化验水质是否符合饮用条件。我相信大地，相信这片绿色的草原，也更相信这里地下水的纯净。

想象着以后再也不必饮用充满漂白粉味道的自来水，或是水库中储存的那些死水，我就会不由洋洋得意一番。甚至想对依然饮用通过地下管道和水泵输送的自来水的人们炫耀一番。当人有了一口自己的水井，仿佛才会脱离漂泊感，就像泥土里的种子有了归属感，有了踏实的依托。

无论生活还是人生，只有真正依托于大地，我们才能体会到那种真正的快乐。

森林中夜莺的歌声以及更多鸟类的鸣啭，比音乐厅里的演奏更令人陶醉；山涧泉水带来的清凉甘甜任何饮料和咖啡都无法相比；田野上的花朵、湖泊中的鱼、高处翱翔的雄鹰、缭绕的白云、奔跑的梅花鹿、滑稽的松鼠、平民般的麻雀，以及拥有太多心计的布谷鸟，还有那树叶上的露水、夜晚的明月……这些都暗藏着能让我们感到快乐或深受启发的元素。但这些珍贵的事物却被多少人有意无意地忽略和遗忘了。这些自然世界的产物，都弥足珍贵。

我不能怂恿所有人都过我这样简单的生活，但我希望自己的提醒会给一些人带来启发，从此会慢慢习惯在自然世界里相约那些潺潺的溪水、明快的鸟啼、率真的野花甚至一群游戏的蚂蚁……我也相信，快乐会眷顾每个走进自然世界的人。

下午，雨停了。我坐在门口，望着眼前这个湿淋淋的世界，内心充满安宁。

五六只大雁在天空飞过，有力的翅膀缓缓扇动着，显得健康而充满自信。它们一边朝泡子方向飞去，一边发出呱呱的欢叫，仿佛对当下的一切深感满意。我的水井被花草簇拥着，在木栅栏的一侧那么显眼。我一点儿不会怀疑我的目光，当它们停落在水井上时，是带着怎样的喜悦和阳光般的温情。

　　我终于有了一口自己的水井
　　在木篱笆的旁边，小屋的右边
　　一场细雨，是送给我的祝福吗？
　　时光避开阳光的坚硬

水井

让一朵花，在露水中绽放
这是一场注定的遇见
十万年前的流水，在这个上午
遇见了我，遇见了大地的光亮

我的福祉，比一场雨来得更突然
我在一汪井水里
看到了自己失踪已久的影子
像看到自己
曾在远古的大地上徘徊
只为找到一个深藏在地下的泉眼

辉河

每天去辉河边散步已成为我独居生活中重要的一部分。

我很享受脚步穿过花丛中的感觉。这一段四百多步的距离,每走一步都是对自己的奖赏。

有时我会带一个小木凳,坐在河边毛柳旺盛的树荫下,读一本书,抽几支烟。有时我会静静地看着河水,看芦苇随着流水的轻抚而摇动着,相互做出温和的回应——流水在叙述一路的故事,芦苇则在聆听中摇曳着,似乎被某种情感打动。

河水是不很宽,二十米左右。两岸树木丛生,绿荫如波,加之花草在低处做着谦逊却非凡的园艺般的努力,使得这片荒野充满自然的原始气息。

蜜蜂的嗡嗡声，像是众多大提琴乐手们的携力合奏，低沉、雄浑、富有激情。随着前奏音乐的响起，歌手们陆续轮番登场，依次恰当地融入各自的声部。今天本来属于白鹡鸰的主场，却迎来了众多大咖们的友情助演。啄木鸟欢快的歌声是对它们天生乐观性格的完美诠释；灰喜鹊急促明快的歌声里，竟然带着些许幽默感；绿头鸭、体态丰满的大雁间或会插入一两声并不和谐的低鸣，就像阴天影响了它们的情绪，歌声里充满了幽怨；一向高调傲慢的乌鸦，此时却很少发声，甘愿作为配角穿一身乌黑而发着金属亮光的风衣，十分专注地在空中伴舞。这样的演出，我总能适时遇到，仿佛这里有一种魔力，吸引着这些歌手和舞者不时聚在一起，相互竞技表演，切磋技艺。

每次去河边，我都会有所收获。有时会听到野鸭跑调的歌声，或许是我的突然出现，让它们受到惊吓，从而使它们不能完美展现出自己应有的水平，但这一点儿都不会减弱歌声带给我满心的欢悦；有时会看到山刺玫绽放出蓬松而鲜艳的花朵，一簇簇的，像一群友好的左邻右舍正聚在一起聊着轻松的话题；有时会在河边的浅水处看到一群小鱼追逐嬉闹，水面上鳞波荡漾，金光闪闪，这让它们看起来就像在金色透明的琥珀里玩耍一样，充满童话的情趣。这样的情景常让我流连忘返，不忍把目光移开。

一条河，因为向着一个目标奔流，便形成了河流特有的品质。

无论是恒久的大河，还是孱弱的小溪，它们都会带着某种共有的神性，成为这个世界的风景，成为坐标和路，成为云和雨，成为众多的生命之源。

河流就像是水的道场，从这里升腾出仁慈的光辉和谦卑无私的高贵德行。

老子说："上善若水。水善，利万物而不争，处众人之所恶，故几于道。"纵观山川大地，到处可见河流蜿蜒曲绕、纵横交错，恍若一个个虔诚又艰辛的布道者，行进在漫漫无期的道路上。

呼伦贝尔草原上隐秘着大大小小三千多条河流，似乎辽阔壮美的草原不只适合放牧牛羊，也适合放牧河流。

流经我屋前的辉河，像从大兴安岭森林深处走出来一只小鹿，穿过原始森林的幽暗，沿着远离城镇的荒僻小径，一路向着广漠寂静的草原走来。五月，在两岸山丁子和稠李子满树白色花朵的隆重欢迎下，它款款而来，带着原初的羞怯、纯洁，在静谧的草原上缓缓而行。没有波浪，没有喧闹，如同光着脚丫的女孩在花丛中散步一样优雅。

这是一条单纯的河流。

从发源地到汇入伊敏河，几乎很少进入城市和村镇。它一路专挑偏僻的地方，在丛林中低声歌唱，在草原上缓步慢行。它给众多鸟类提供天然舒适的栖息地、新鲜的食物和安全的游乐场；它给草木以滋润，给白云以雨水。当你偶遇马群、狍子、牛羊、蓑羽鹤、凤头麦鸡、喜鹊和燕子在河边饮水或洗浴时，你便更能理解了它的情怀。

这是一条幸运的河流。

在人类社会不惜以破坏自然为代价，而全速忘我地以工业和经济发展作为生活终极目标的时代，一条河流能幸免于侵蚀和污染，已经十分难得了。

苏联作家拉斯普京曾大声疾呼：我们这个时代可称之为人类生存的危机点。自古以来，水、空气和土地是地球生命的源泉，如今成了疾病和早死的原因。而在今天，拉斯普京的疾呼不仅没有得到很好的回应，人们对地球无限制的占有欲和摧毁式的虐待正在变本加厉。

美国诗人加里·施耐德曾经说：最受无情剥削的阶级是动物，树木，花草，水，空气。很显然，人类已经做到了这一点。

狄更斯在他的《双城记》开篇中这样感慨道：这是最美好的时代，这是最糟糕的时代。我们的地球现在是这样。地球的现状摆在我们面前的两个极端的选择——要么生存，要么死亡；要么祝福，

河流就像是水的道场，从这里升腾出仁慈的光辉和谦卑无私的高贵德行。

要么诅咒。

我感谢遇到辉河，遇到这样一条未经驯化、未曾失去野性的河流。当然，我更要祝福。

赛内加说：在泉水发源或河流经过的地方，我们应该设坛祭祀。许多时候，站在辉河畔，我的内心会不由产生一种神圣的、宗教般的敬畏感。

如果我是一个乐于垂钓的人，我敢说，这里真是钓夫的天堂。尽管我无缘从钓鱼这件事情里获得快乐，但是，因为这条河流的存在，我还是从中到得了许多意想不到的恩惠。

仲夏时节，我会去这里游泳、洗浴。虽然河水看起来充沛油绿，但水并不深。浅水处，五六厘米，深水处，一米左右。大概因为河床几乎没有落差，所以水流幽静平缓，河底又全是灰褐色细软的沙子。初见之时，你会被这出奇平静又略显黝黑的河水所迷惑，会产生这是一条神秘危险的河流的错觉。几年前，我正是被这条河流所呈现出的神秘、幽静所深深地吸引，并将这美好的印象一直存储在记忆中。

在这里游泳或者洗浴，是极其享受的一件事。

你的身心可以在这里得以彻底的放松，没有任何顾忌。你不用担心谁会在意你赤裸的身体，也不用担心为此会引起别人对你德性上的质疑。你就像一缕赤裸的阳光、一缕风、一棵芦苇，自由、忘我地享受着河水的抚慰。能在这样一条野性的河流中裸泳，几乎是一种奢侈的享受。与此同时，在不远处的上游，可能会有几只绿头鸭在洗浴梳妆，下游的百米开外，可能有野鸭带着一群幼小的孩子在教它们如何捕食或躲避天敌。在这一方小小的自然世界里，你和众多的生命共享着一条河流，呼吸着同样的空气。你会无意中淡漠人处于社会中的角色，回归到生命本来的状态，感受到自然给予自己的快乐。

我们在生活中总是承受太多桎梏，社会的、俗世的、伦理的、道德的，甚至是自我的种种禁锢。人们在繁华的都市和忙碌的生活中，已经很难在一处荒野清澈的河水或者湖水中无忧无虑、无所顾忌地消遣了。我们以各种理由，拒绝身心对自由的向往和追逐，同时，我们也很难在城市周围，找到一处未被污染过的原始河流和湖泊供我们安放疲惫的身心。

当先进的科技一步步解放了人们迫于生存的脑力和体力劳动时，似乎，并没同时解放人类内心因物质和金钱所受的压迫。相反，在脑力和体力劳动都获得解放的同时，人们所应同时获得的幸福感却并没有增加，而是越发感到迷惘、恐慌和焦躁。人们在失去从原初的劳动过程中获取快乐的同时，并没有想到可以在自然中得到补偿。

爱默生告诉我们：对于一个由于在工作无聊或由于遇上坏人而身体或心灵痉挛的人来说，自然具有非凡的医治功能，可以恢复他们的身心健康。那些从城市的喧闹和纷繁的人际关系中走出来的商人、律师，当他们看到天空和树林时，就又重新变成人了。在自然永恒的宁静之中，他又找到了自己。眼睛的健康似乎一定要有一条地平线。只要能望得足够远，我们就永远不会疲乏。

而此时的我不只是有一条地平线，还有河流与一片接近原始的荒野。

　　每当走到河边，我的情绪就会因平静的流水而趋于安宁。我有时会沿着河岸，在浓密的灌木林中随意穿行。途中，似乎遇见的每一片红柳、芦苇以及高过肩膀的茅草都能给人的视觉带来惊喜。有时候，我的行动，会忽然惊起几只在深草里觅食的鸟儿。我并不知道急速飞离的鸟儿拥有怎样一个动听的名字，或者具备怎样一副甜美的嗓音。但这寂静中突然发出的翅膀碰触草叶和树枝的响动，以及因受到惊吓而发出不安和抱怨的鸣叫，总能激起我内心一阵阵的狂喜。这些声音，是那样新鲜，好像我从未听到过。于我而言，这些陌生的、清新的、悦耳的声音就是一味良药，正在治愈我因为深受钢铁摩擦、汽车鸣笛、机器轰鸣而导致的听觉麻木和各种疾病。

在长达六个月的时间里，辉河像进入冬眠一样隐于大雪之下，与草原融为一体。

如今，我发现一切正趋向于健康。

11月5日，我去河边散步，发现河水已经结冻。这里的四季总是不受时令的掌控，春天到夏天的距离只有一步之遥，而夏天也极其短暂。冬天掌控着这里最长的时间，极为贪婪。它从十月初就以一场场大雪对秋天示威，并很快会夺过秋天的皇位，暴君般把大地上的事物牢牢掌控在自己的手中。几十厘米厚的积雪，长期覆盖着大地，成为它权力的象征。直到来年四月底，它才不情愿地让河流解冻，积雪消融，把皇位暂时转交给短命的春天。

在长达六个月的时间里，辉河像进入冬眠一样被大雪覆盖，看起来和被大雪覆盖的草原没有什么区别，仿佛它和草原真正融为了一体。偶尔，在大雪中，会看到牛群围绕着牧民凿出的冰眼在喝水，这时，你才会意识到，积雪之下是有一条河流的。

依水而居，曾经是我长久的一个愿望。如今，辉河与我不期而遇，我不知道，这是上天对我的一份恩赐，或是一份补偿。无论怎么说，我都觉得自己是幸运的，拥有这样一条河流，让我感觉比拥有一条街道更令人欣喜。

草原岁月

出行

现在，我很少出行。

多数时候，我喜欢待在小屋里，读书，记录，消遣一样在炉火上熬小米粥；听着铁锅里炖肉发出咕嘟咕嘟的响声，沉浸在肉质的芳香和炉火噼啪的背景音乐里，感受静谧中那些来自事物本体发出的声音。这些声音，像音乐一样古老而优美，我们多数人很少在意，一度忽略了这些真正能触动心灵的声音。

我的小屋靠近河套低处。对于四季在草原上毫无羁绊、肆虐张扬的大风来说，选择这样一个低处是明智的。相对的低，只是一块地域整体把身子缩了一下，但依然可以用"广袤"这样的词语去描述它的开阔。

我视野能触及的地方，不亚于城市中几十个小区所占的面积。

更令人愉快的是，这里没有什么事物能阻挡我洒向四野的目光。即便有，也只是一丛一丛的小树林。它们有时缀满粉色或白色的花朵，远远看去，像被一朵放大数倍的超级花朵，卓绝华丽。有时整个树冠又满是黄金或鸡血石般的树叶，色彩浓烈而放纵。视线经过这样的地方时，难道还会消沉忧郁吗？低迷的情绪显然很难在这样的景象里萌发。

我的小屋就像一只栖落在花丛中的蜜蜂，渺小、恬静且知足。站在门口望向四野，周围看不到一座房舍或房舍的屋顶。我最近的邻居虽然离我只有十多分钟步行的距离，但也在视野之外。

散步的时候，我会因为周围的环境而完全忘记外面的世界。仿佛世界只有我一个人。我拥有这里全部的花草树木、河流天空，以及偶尔传来的羊群叫声、鸟啼声或狂风暴雨演奏的气势磅礴的交响乐。我像个国王，但又拥有国王无法享有的清静和无忧。

如果是六月和七月，草原正处于一年中最好的时节。山丁子的树枝上挂满绿松石般的果实。凑近看，一串串、一粒粒挂满雨水的浆果，会让人怀疑自然怎能创造出如此超乎人想象的野果呢？就艺术而言，人类在自然面前只不过是个小学生罢了。因此，艺术家应该比常人更多地走进自然，向自然学习，而且需要足够的真诚和自谦。

绣线菊和它的名字一样美丽动人。小米粒般粉白色的花朵紧密地聚在一起，如雪花堆在一起，无比亲密。稍远看，以为那是一朵独立的花。走近才发现，这是由无数细碎而精致的小花创造出的中

现在，我很少出行。在小屋里阅读、写作、消遣一样在炉火上熬小米粥……

国画。风温柔地吹拂着，阳光明媚，数百上千朵绣线菊在风中抖动，洋溢着它们此刻的欢悦。在它们四周，委陵菜、野豌豆、扁蕾、球尾花、紫花杯冠藤们也在尽情绽放。风摇着它们或谦逊温和、或高傲冷艳的花容，阳光温和，引起无数蝴蝶和蜜蜂的倾慕。置身其间，缕缕芳香如烟雾般随风弥漫，浸润心脾，仿佛人的皮肤上都凝了一层浓郁的芳香，令人愉悦。

　　遍野恣肆盛开的花朵，就像完全没有经过"四书五经"濡染的野孩子一样，自由随性地开得满地都是。它们不用人为修剪、施肥、浇水，却长得比花棚里享尽呵护的花草更为蓬勃健壮、娇艳多姿。没有哪里的花能比开在荒野上的花朵更妖艳了。如果想真正目睹一朵花的妖艳，我建议最好去荒野！

有些日子，我在一周或更长的时间里不会见到一个人。我很少去周围的牧民家走动。相互间的陌生和语言交流障碍会阻止我外出走访的冲动和欲望。但我相信这种情形会随着我在这里生活下去而有所改变。尽管如此，我一点儿也不觉得孤独。虽然人类生来属于群居动物，可是，适时的离群索居也是必要的。哪怕只是过几天或者几个小时这样的生活都值得我们去尝试。

人只有离开人群去到野外或独处的时候，才会有机会静下来看到自然中包罗万象的美丽事物。才能在鸟啼中听出旋律，在一片森林中感受到神圣的幽静，在自然原始纯朴的事物中看到自己的渺小与万物的单纯。

受到这些自然事物的引诱，你会发现，人生来不应只围绕着工作和劳动去维系心脏的跳动，应该还有更值得去体验和经历的美妙时刻，需要我们像对待金钱那样付出热情和努力，在无关生活的烦琐之外去感知心灵与自然相处的快乐与和谐。

我保证，这些褪去物质光泽的事物所带来的新鲜奇异的享受，是你在商场、街道、厨房、卧室和铺着奢华的天鹅绒地毯的高级场所从来不会遇到的。这种丝毫不牵扯虚荣和功利的接触，会让人从这些天然的事物中获取更多天然的滋养。

大自然从不要求人类回报她什么，她唯有一颗慷慨赠与的心和满腔的慈悲。

人类需要在自然的花香和泉水中不时地净化积聚在身心间的积碳与尘垢，以便更轻松和清洁地去应对磨砺，并有足够的准备和积淀去承载生活给予的馈赠和幸福。

上天不会把快乐的绣球抛在熙熙攘攘的人群中,就像灵芝从来不会生长在大街上一样。在人群中待久了,人会身不由己地迷失在浑浊的气息中去。就像洪水中的一片树叶,你很难用一片树叶的力量去改变洪流对你的左右。古人说:当局者迷,旁观者清。有时候,人不光要以一个旁观者的眼光和心态去看待事物,也应时常做自己的旁观者,以看清自己的人生轨迹是否向着更明亮的方向延伸。

这里没有公路,也不通班车。通常我会两周或者一个月左右去一趟镇上,购置生活用品。

离我最近的苏木(乡)在五十公里之外。但我发现这里的牧民更愿意前往七十公里之外的伊敏镇。因为伊敏是个相对繁华的镇子,坐落在镇上的一个煤矿和一座发电厂应该是促成那里相对繁华的主要原因。

从这里去伊敏镇,开车要走四十公里的"自然道",也就是我曾提到过的没有经过任何测绘和施工而形成的天然道路。随后,再走三十公里的沥青柏油路,便可到达四处彰显着"文明"符号和弥漫着现代气息的伊敏镇。

一条柏油公路如同界碑,把同属草原的地域一分为二。一方以原生态的黑土盛产古老的花草和牛羊;一方以水泥、沥青以及更多新科技产物加固硬化的土地盛产高楼、街道和发酵的欲望。我为自己能暂时生活在被大多数人忽略和遗忘的地方感到庆幸。就像森林中的印第安人一样,过着相对原始且简单的生活,有自己的图腾和可以信赖的神。而仅仅几十公里之外,世界完全是另外的样子。

我想不只是在呼伦贝尔草原，就是在全世界，还能如此完整地保留一方未经水泥和钢筋染指，拥有未曾被旅游开发镀上金光的纯粹的草原和依然保留着传统游牧生活的地方不会太多了。我能来到这样的地方，暂时过一段平静安宁的生活，简直是上天对我的恩赐。我甚至会感激那四十公里的自然道，它是以如何微妙的力量和自然赋予的神性将一股洪流阻挡在坡尔德之外。

每次去镇上，我都会和左邻右舍打声招呼，以便顺带买一些他们需要的物品。毕竟去一趟镇上不容易。我时常也会托别人捎带些鸡蛋、青菜和油盐酱醋类的生活用品。这是草原深处人们固有的生活和交际方式，传统而实惠。

我的生活开始做"减法"，一天天减去原本不必要的东西。当我的精力和注意力从这些不必要且繁杂的事物上离开的时候，时间变得宽裕丰溢起来。我完全可以自主地分配这些真正属于自己的时间。散步、阅读、关注树上的一个鸟巢、帮邻居打草圈羊、自己捡牛粪、坐在雨天的门口聆听，我的每一分钟和它对应的生活情节都光洁而愉快。

有时候，我十天半月用不着摸一下钱。这里不像城市，生活的每一个环节都离不开用钱交换和买卖。

当欲望和钱被一种简单的生活疏远之后，我发现，自己从没过得如此踏实和安心过。所谓金钱，在这些地方的某些时候，是可以被完全遗忘和忽略的，甚至失去它存在的价值。英年早逝的作家苇岸曾经说：幸福无疑建立在一定物质基础上，但人们不应以此误入歧途，转而毕生追求财富。当人们把幸福全部寄托于此后，拜金主义兴起，消费注意盛行。"欲急速致富者将不免于不义"。我们费尽心机，仅仅为增加几枚银币；然而书内有黄金般的文字和历代最聪明的智者的话语，我们无视。我们终日忙碌，头脑里装满市场和物价；然而壮丽的日出和春天等待观赏，我们无暇。有限的地球除了要养活人类，还要养活人类的奢侈和虚荣。工业革命发生仅二百年间，人类便为此走到了自身所造成的各种毁灭性的边缘。这不是什么危言耸听，这是一个智者对人类发出的警言。

在物质文明高度发达的今天，许多人经不住这洪流的冲击，使人类本应具有的良知、美德、正义、勇气、善良、坦荡和奉献的精神正在溃塌。没有哪个时代，人们会生活得像现在这样匆忙、焦灼、欲火冲天，甚至毫无底线。尽管如此，人类还是一直没有对未来放弃希望。正如泰戈尔在诗中的希望，"第一个孩子出生时所带的神示说：上帝对于人尚未灰心失望呢。上帝等待着人在智慧中重新获得童年。"

乔治·布封在《自然史》一书中曾经对马有这样的描述：马和马之所以能够和平共处，是因为它们的欲望既简单又节制。再加上自然为它们提供了足够的生活资源，因此它们无需相互妒忌。马的这些品质，我们可以从人们成群饲养或放牧的马匹中发现。我想，自然总能以足够的智慧和能力平衡诸多生命有节制的生死轮回，唯有人，使它大费脑筋。但如果人们能用一种简朴的方式去生活，自然的资源便足够每一个人分享，并且会为自然减轻许多不必要的负担。

冬季来临后，我的出行更少了。在长达六个月被二三十厘米厚的积雪长期覆盖的漫长严冬中，我不只是去镇上的机会少了，就是

独居辉河畔 | DUJU HUIHEPAN

冰雕一般的牧马人是雪野上唯一的开道者。

和邻居之间的来回走动也不得不极大减少。我会和牧民一样，在冬天将被大雪覆盖之前，备好所有生活的必需品。

整个冬天，汽车在这里几乎成为无用的摆设。偶尔有辉苏木（乡镇）派人用拖拉机推开道路，但是，用不了一两天，疯狂的白毛风会卷起别处的积雪和新下的雪很快又把道路封死盖严。尽管如此，牧民们的生活并未因此受到什么影响。除非有严重的暴风雪会对牲畜造成危险外，人们依然生活得平静安详。

这期间，已经快从草原上消失的牧人骑马的情景，会接二连三地出现在白茫茫的雪野上。骑马的人，把时尚的羽绒衣暂时放进衣柜，穿上笨重而传统的民族服装，戴着羊毛手套和羊羔皮帽子，拽着牛皮缰绳缓缓走在寂寥的雪地上。犹如历史再现。但当他走近了，嘴里冒着热气和你打招呼时，你恍然才觉得，看到的不是梦。零下40多度的气温下，马的鼻孔里不断地向外喷着热气，但热气瞬间变成一层冰霜结在它们的鼻孔、嘴唇，乃至整个马头上，冰雕一般。那一刻，马上的人也像雕塑一般，与那高大英俊的白马或黑马一并成为雪野上充满英雄气质的风景。

一个冬天，我几乎无法外出。我没有自己的马。不过，我的小屋里倒是会迎来偶尔骑马串门的牧民。这时候，就着微微燃烧的炉火，我们的话题会深入他们以往的生活。谈到转场、勒勒车、马爬犁、蒙古包、马头琴、曾经高过腰身的牧草，或是那些年欢乐与艰苦的经历……我听得十分投入，仿佛在听时光深处的故事。但我又清醒地意识到，这个故事并不遥远，而且将不会很快结尾，因为，坐在我对面这些骑马来走访的牧人，本就是故事里的一部分。

寻常的日子

　　七月的草原犹如一座巨大的婚礼殿堂。湛蓝色的穹顶上，镶满白云精美的浮雕；灰鹤与大雁像巨大的神鸟飞过仙境般的天空，那拖着尾音的鸣叫，犹如一声声吉祥的祝福在高空回荡；巨型的地毯上，镶满了野百合、蒲公英、芍药花、绣线菊等几十种五颜六色的花形图案，这让那些最擅长做地毯的老手艺人也自愧不如。贸然闯进这圣殿的一只螳螂，攀着梅花草的细叶纹丝不动，仿佛被眼前美丽的景象陶醉了，其实它并不知道，它也是这景象里的一部分；小羊羔在旺草中探出头咩叫着四下张望，那尖声明快的叫声充满了焦虑，只顾埋头吃着鲜草的粗心妈妈似乎被这声音惊动了，赶紧转身回来，用甜蜜的乳汁安慰着受惊的羔羊……

这是我常见的寻常景象。

我时常一个人信步走在草地上，聆听着鸟雀欢快的歌唱，走走停停，欣赏着这座殿堂里各种精美独特的装饰，兴致高涨。

走过门前一段齐腰深的草地，能看见辉河在树丛的掩映下隐隐约约波动的亮光。通常，我会在自己做的简易渡口处站一会儿，看看河水有没有涨落。我搭建这个渡口显然不是为了泊船，只是在浅水处用几根木柱和木板搭了一个简易的平台。我会在这里洗衣服、发呆、听流水的声音……每次游泳或洗完澡，我会坐在木板上清洗粘在脚上的沙子，然后等阳光慢慢晒干。这时静静地看着河水上波动着朵朵白云的倒影，感觉水面像一片流动的花海，虚实交映，如梦如幻。一些树叶在水中起伏、旋转，变幻出各种奇异的景象，就像时光的化身。河水的颜色会因天气不同有所变化。有时呈蓝色、灰色、黑色，有时会铺着一层落日的余晖，像一片燃烧的野火。不时变幻的流水，会让人的情绪不由也跟着做出应和，或愉悦、或低落。

有时我会沿河逆流而上。这个时节也是草原蚊蝇活跃的时候，尤其靠近河边潮湿的地方更是它们喜欢聚集的场所。我时常在山丁子与野山楂、槭树、沙柳、灌木和芦苇密密麻麻的交错中穿梭前行，用手中一把长尾草驱赶着挡在眼前密如蛛网似的蚊蝇。虽然没有人会喜欢这些吸血的幽灵，但它们并不会因为人类的偏见而退出属于它们的舞台。它们像城市跳广场舞的人群，情绪高涨，不管不顾地变换着舞姿，发出令人烦躁又恐惧的嗡嗡声。

我乐意在这些地方散步，是因为有太多渐次开放的山刺玫、细叶百合、老鹳草及许多我不认识的小花朵强烈地吸引着我。它们丝绸般的花朵上到处是被蜜蜂们摇落的红黄色花粉,散发出淡淡的清香。风轻轻一吹,这些花香便和青草的气息相溶了,就像精心调制的鸡尾酒令人沉醉。这时,我像个坐在酒吧柜台前不愿意离开的酒鬼,摇着手中的酒杯,醉眼蒙眬地望着眼前的树丛与河流,全然忘了蚊蝇叮咬的苦恼。

一个人走在这些地方,没有任何要抵达哪里的急切和期盼。幽绿的草浪在翻滚,偶有红的、黄的花朵浪花般一闪,又没入了绿草的深水里。

我习惯了这样独自在荒野中穿行,有时十几分钟,有时长达一两个小时,我却不会觉得劳累。我会被周围新鲜的事物吸引,或驻足观赏,或感受某些清新气息带给身心的愉悦。我像被流放到这里

独处让生活逐渐显现出生活的原形。那正是简朴。

经受改造的人，但幸运的是，监工却是大自然。

在远离人群和城市的偏僻之地，能认识我从未见过的某些植物、鸟类，或内心萌生出从未有过的一些新奇想法，都会让我感到莫名的激动。在大自然面前，我所学到的这些，是我在办公室永远学不到的。

在相当长的年月里，我一直像某种体制下的工具，主动权完全握在别人的手中。我就像一把铁锹、焊枪、铁砧或者一架照相机，遵照别人的意愿给锅炉中添加煤炭、焊接储油罐，把自己并不欣赏的情景拍摄下来送给报刊换取一点回报，再兑换成粮食和蔬菜。我似乎从来没有想过离开这一切，也能用自己的方式生活下去。但之前我一直没有这样的勇气。就像被关在竹笼里的小鸟，生怕离开主人的关照便不能生存。我可能过分地害怕会失去什么。我从来没有认识到，在我因失去而恐惧和害怕时恰恰失去了最重要的自我。我的依赖性像舒适的陷阱，让我不愿想象陷阱以外的天空，而甘愿只在有限的空间里，把局限当作无限。

然而，草原，给了我一个良好的开端。独处让生活逐渐显现出生活的原形。那正是简朴。

走出灌木丛，有时候会遇到因河流转弯形成的沙滩。通常，沙滩不会很大，但足够一个或几十个人在这里消遣、娱乐或散步。遇到这样的地方，我会逗留一阵子，将双脚埋进炙热的沙子，那种干净的热气很快会让人全身跟着舒适起来。你可以忽略沙疗之类的好处，只是皮肤和沙土接触的惬意，就会让人感到无比舒坦。比起城里那些足疗店，这样的沙滩应该挂上五星级的标志。

我在想，如果我没有走出这一步，此刻我是不是还在办公室和同事聊着有关房价、孩子、汽车和一些八卦的话题，偶尔看看时间，准备下班，或是去赶赴某个饭局。如果八小时工作的意义是用来给生活提供保障，或许还能说得过去。如果是在毫无意义的工作上浪费了八小时，或许有人会觉得轻松的工作让他得到了某种好处，但他估计没有想到失去的可能会更多，而且更有价值。许多人年复一年这样工作着、生活着，就像汽车发动机里机械运动的活塞。我不能确定是否有人在退休之后，会对这样的一生后悔，意识到在那么多年的时间里，他的工作其实毫无意义。他只是重复了一生的工作，而毫无创造，更没有创造带来的价值。

我觉得自己的前半生就足够荒凉，几乎就是这样度过的。时间和工作都呈现出让人悲哀的状态。

梭罗认为，人必须忠于自己，遵从自己的心灵和良知；为此不惜付出一切代价。生命十分宝贵，不应为了谋生而无意义地浪费掉，人在获得生命所必需的物质之后，不应过多地追求奢侈品而应有另外一些东西：向生命迈进。梭罗一生追求极简主义，并在生活中践行着他的理想。他使我们懂得，人只有从物欲的泥沼中挣脱出来才能保持尊严，获得自由。爱默生曾经说："梭罗的独立生活，使所有其他人看来好像奴隶一样……"事实上，我们早已脱离了奴隶和奴隶主那样的生活时代，只是，很多人并没有把作为奴隶的自身从作为奴隶主的自己身上解放出来。如果不能意识到我们一直作为自身的奴隶在经历苦难，那么，身心的解放依然遥遥无期。

无论怎么说，我对自己目前所拥有的自由生活感到十分满意。

草原落日

哪怕只是短暂的,也值得好好珍惜。

  时下,黄昏缓缓临近。我门前的草地上,足有二十多只喜鹊一边叫嚷着,一边在茂盛的花草里寻找蟋蟀、蚂蚱之类的美食。这叽叽喳喳的声音此起彼伏,仿佛是它们对这丰盛的晚餐发出的感慨。远处的天空,有大群的乌鸦向东面的森林飞去,那里是它们的家园。这群草地上的绅士,每天在草原上四处闲逛。它们悠闲地在花草中漫步,脚步自信优雅,仿佛就差挂一条文明的手杖了。它们偶尔也会忘情地唱那么几嗓子,许是为获得异性的好感?我并不知晓。但它们的歌声和那幅绅士的派头实在有些不搭。不过,当它们集结在一起,以几百只的阵势飞过天空时,依然令人震撼。有时,我能清晰地听到它们扇动翅膀时所发出的呼呼声,犹如一阵强劲的风暴，充满动感和力量。

　　看着眼前那壮观的景象，我会在一种羡慕和惊叹的心情中忽略它们在歌唱方面的缺陷。

　　寻常的日子里，生活如辉河一般宁静。在忽略物质世界玲珑满目的同时，大自然为我提供了更为奢华的生活条件，给了我都市永远无法给予的精神享受，并让灵魂有了归宿，就像候鸟回到了家园。

　　如今，我的工作，看起来就是好好生活。在寻常的日子里，读书、写字、劈柴、散步。我可以把星光揉在手心里，感受时光的清凉，仰望宇宙的繁华。有时，我会俯身在一片花草里，探寻蟋蟀的踪迹，关注一条蚂蚁的行军线路……你可以说，这一切对生活来说毫无意义，但我可不会认同。就像我面对蚁群的世界，无法论证它们生活的意义，但我相信，在蚁群的王国里，一切都井然有序，意义重大。

坡尔德

坡尔德，我暂时居住的草原村落。一个在地图上几乎找不到坐标的地方。它深陷在呼伦贝尔大草原腹部，东南方向和一片森林接壤，其余几个方向全是向外无限延伸的茫茫大草原。

向西北方向走出50公里，可以抵达距离坡尔德最近的乡镇，南辉苏木。向东南蜿蜒绕行50公里，便是比南辉苏木繁华一点的红花尔基。如果向东北方向延伸70公里，便可抵达比红花尔基又繁华一点的伊敏镇。这里也是周围草原人经常去购置生活用品的首选之地。如果向北延伸160公里左右，便可直达享有盛名的呼伦贝尔市。从距离上看，相距并不算太远，但是，在这段距离的两端，却是两个截然不同的世界。

坡尔德，就像呼伦贝尔草原上被虚掩在时光深处的一块原始矿石。它的质地，还没有被现代文明精心地打磨，因此，依旧原始古朴。

这里的十几户牧民散住在彼此相距甚远的草地深处，若不用心，很难注意到哪里隐居着一户人家，哪里会闪烁着微弱的灯光。在这广袤的、被喧嚣世界遗忘的地方，牧民们就像草地上不知名的花草一样，默守着岁月的轮回，也被温暖的阳光悉心关照。他们像是生活在古老、旧时光里的族人，说着没有文字记录的鄂温克语，或达斡尔语。呈现在他们脸上的笑容和表情，仿佛也是我想象过的那种古老的、闪耀在酥油灯上温暖而幽暗的光亮。这是他们自古以来承继着祖先身上极少褪色的珍贵品性。他们朴实、勤劳、能歌善舞。他们是马背上的民族，个性彪悍，身体强壮……

这是坡尔德人留给我最初的印象，深刻而美好。

有关坡尔德的记忆其实从2013年起，就已经慢慢储存进了我大脑的仓库。如果说我的仓库是一处湖泊的话，坡尔德的记忆总会时不时如风掀起一波波的涟漪，持久地荡漾着那些让我难忘的片段。

四年之后，当我决定要在坡尔德独居的时候，我并没有觉得这是一个鲁莽的、未曾被大脑过滤过的冒险或愚蠢的决定。我觉得是那样自然，就像是到了下午要吃晚饭一样自然。虽然我的选择，在不少人看来，有些不可思议，甚至荒诞。可仔细想想，什么又是荒诞呢？一切看起来正常的、合理的、一切的有条不紊，相对于这个世界来说，又何尝不是一出出的荒诞。我只是和自己的内心达成了对向往已久的一个愿望的默契和共识，和花开花谢一样自然。我庆

坡尔德的记忆总会时不时如风掀起一波波的涟漪，持久地荡漾着那些让我难忘的片段。

幸自己尊崇了内心给我的反应和引导，仿佛它在告诉我说：好吧，这是你绕不开的一条道路，你会在途中找到你曾经希望或者一度仓储在潜意识里的那种生活气息，是供你向着生命高处攀越的气息。它会让你的呼吸舒畅，并保持愉悦。

因此，这个夏天，我不是怀揣着梦，而是和那个真实的自己一道来到了坡尔德。

去年十月，我曾专程来到坡尔德和当地一户牧民协商能否在他家的草地上盖一间小屋。意想不到的是，这个问题在几分钟内就被我们顺利而愉快地解决了。这跟我已经熟悉的巴根那的引荐不无关系，加上这家男主人和巴根那有亲戚关系，事情又顺利了一截。我曾想，即使没有这层关系，事情大概也能有一个圆满的结果，因为，这位叫铁山的人，面容和悦阳光，言谈之间充满了内心的诚意和豁达。作为在农村生活过十几年的我，在接触他们的过程里，并没有觉得这份礼遇十分意外，倒是让我有一种唤醒童年乡村生活中许多温暖片段的感受。我像是又回到了那个古朴的年代，经历和体验着只属于乡村世界里那种人文的淳朴和烟火里真切的人情往来。这是我意料之外的一份珍贵收获，是我在农耕文明和游牧文明的接壤处，遇到一束令人欣喜的火焰。在它的光环里，令人感到幸福。或许，这也正是我远赴这样一个地方想要寻找的一缕生命中曾经模糊的向往，那是确实存在但依稀微弱的人间烟火。这是一缕深藏在劈柴里悠远的光亮，在人间的偏远之地，燃烧，蔓延。

想来，我原本也应该是这样的一块柴火，有着燃烧的本能和欲望。是什么令我像被雨水淋久了一样，在城市的生活里渐渐失去了生命的干燥和木质的馨香呢？

还好，在还不曾腐朽到连燃烧的欲望都消失殆尽的时候，我被上天的手指在灯芯上拨了一下，又重新让本能的欲望亮了起来。尽管有些微弱，但是，我感觉自己正沿着这道微弱的光亮从一个黑暗的洞穴走向更光明、更广阔的世界。

我无法预知，所谓的出发和抵达能否在若干年后令自己欣慰满足，但这又是一个多么幼稚的疑问。打消了这样的念头，也许，我才能轻松面对未来生活的未知领域，用灯火照亮内心的幽暗，让脚步去验证更多的生命体验。此刻引以为豪的是，我能感到自己是一缕真正为自我擦燃的火焰，不论遭遇怎样的阴雨连天，它都会坚强持续地燃烧下去。

我不敢奢望，这缕火焰还能给谁带去光亮和温暖，是否有它燃烧的价值。这种想法简直有些过于狂妄了，甚至会被人当作笑料。

当下，我只想这样一心一意地去燃烧，用最简单的方式，在坡尔德的草原上照亮我独处的小屋，照亮我小屋里悠然浮游的孤独。

访客

在独居期间,我这里少有访客,尤其是草原之外的访客。

一天,远在两千多公里之外的朋友来消息说,他最近要自驾来草原,顺道看看我。这无疑是一个令人开心的消息。不知不觉中,我已独自在草原生活了近两个多月,原来的家乡似乎倒成了远方。而来访的孟先生,正是我远在家乡的朋友。

按照计划,他和妻子自驾应该在8月12号抵达。由于我这里几乎没有网络,加之这个无名之地也不会在导航搜索的范围内,所以,我必须开车去几十公里之外和他约定的辉河林场接他们。

按照他们所在阿尔山的方位,开车应该不到三个小时就能达到我们相约的地方。不到上午十点钟,我已经抵达辉河林场,然后满怀期待地等待着他们的到来。

期间，身居坡尔德林场值班的乌哥打电话，让我给他在辉河林场买一些馒头。也不知道他怎么知道我在这里。他特别郑重地提醒我，他那里已经没有一点米面了，千万不敢忘记给他买馒头的事。

显然，这可不是一件小事，我挂了电话便赶紧去超市买了二十个馒头放在车上。

八点左右给孟先生打电话的时候，他说从阿尔山出发了。过了四个小时再联系，他说还在阿尔山，正在周边的景点游逛。我来草原的时候，曾经开车路过阿尔山，那是一个全中国最小的城市，唯一的一条街道不足千米长。似乎周围也没有太多让人痴迷的景点。

两个小时以后再联系，他还在阿尔山，说是走错了路，正在矫正。

这真是一场漫长的等待！

我索性把车开到河边一座桥下，一来是比停在路边安全一些，其次，这里有一块开阔的平地，对面过来的车一眼就能注意到我的车辆，我也是怕朋友错过了我等他的地方。

又过了两个小时，再联系，不在服务区了。此时，阴郁的天空下起了雨，并且一阵比一阵急骤，一如我等待的心情。这期间，我不停地联系他，而身在坡尔德等待馒头的乌哥也不停地给我打电话，询问我是不是快回来了。真让人着急！即担心雨天路滑还在路上的朋友，还得担心挨饿的乌哥。

总之，八小时以后，脾气不急不躁的朋友终于出现在我望眼欲穿的视野里。

一看到他们下车后展开在脸上的笑容,我积聚在心里的焦灼和隐隐的不安瞬间被这笑容融化了。毕竟在如此远离家乡的地方,与两个同事兼朋友的人重逢,那种欣慰和喜悦很难不让人动容。总之,看见熟悉的朋友,是多么令人愉快的事情啊。

朋友开的是轿车,如果要开去坡尔德,显然困难十足,又加上刚刚下了一场不小的雨,单是要穿过森林泥泞的道路,简直是妄想。这样,只能找个地方把他的车存放在那里。

办妥这些事情,再度上路时,天已经抹黑了。这时候,我又接到乌哥充满急躁又半开玩笑的电话:"你倒是快回来没有啊?我炒了几个菜就等你和馒头呢,菜已经热了第三遍了。"我赶紧回话,这下真的出发了。

当车子跃上一个陡坡扎入漆黑的森林时,已经不得不开车灯了。糟糕的路况比我想象的更糟糕。当车子蹚过一个又一个泥潭的时候,我的心情也不由随之紧张起来。这条林子里的道路我并不怎么熟悉,如是白天走,我还能基本保证不迷路。事实上,此刻,我已经在不断出现的岔路口处迷路了。不过我知道,只要不偏离大方向,每一条道路总能把我们带向坡尔德,只是要花费多少时间我就不知道了。我说迷路的时候,我看到孟先生和他的爱人比我更紧张。毕竟,这是一处黢黑的森林,在森林里迷路并不好玩。

晚上十点左右,我终于能轻松地辨别出远处巴根那家的灯光了。我的后备厢里,还装着一条捎带给他补过的拖拉机车胎。这个时候,我估计值班室内的乌哥肯定睡觉了,便把馒头交给巴根那,让他回头交给乌哥。

戏剧性的是，大概巴根那并没有听清楚我的话，他次日早晨做饭的时候，一边纳闷怎么会有一袋子馒头呢？一边顺手就放在锅里热了起来。我知道的结果是，第二天乌哥不得不到邻近的巴根那家去蹭饭，但是他不知道的是，自己嘴里嚼着的馒头，正是他托我买来的馒头。后来我又听说，那晚乌哥随着最后一线希望的破灭，不得不煮了六个鸡蛋当作晚餐。

带朋友回到我的小屋，差不多已经晚上十一点多了。几个人都饿得饥肠辘辘，可是昨天我发的蒸馒头的面还在盆里继续发酵呢。草草寒暄了一阵，我赶紧开火做饭。

临近午夜时分，似乎一切才慢慢如夜色一样舒缓下来。就着简单的饭菜，我们把一个个的话题慢慢打开。这些原本似乎并不重要的话题，在这个时候，却让人愿意投入十二分的热情和兴趣，并聊得越来越有酒的醇香味，也更接近我们彼此内心最真诚的那一部分。

我们似乎聊了很多以前在酒桌上不曾碰触的内容，虽然今夜，我们也算面对的是一场小小的酒宴。不同的是，大概窗外有星光作陪，有晚风轻拂，所以，话题自然更为纯净了一些，也不时能碰触到内心的柔软处，让人忍不住在眼睛里泛起一些潮意。我们认识大概二十年了，虽然平时也算是很好的朋友，但此刻我发现，我对面的是一个需要我重新认识一次的人。

我想，他也大概重新认识了我一回。因为，我们的话题似乎从来没有如此深入到朋友之间内心更深处，也从来没有在这样的深度里感受过友情带给人久久的愉悦，以及这如水般清澈的亲切。

我们的话题其实并不沉重，但是，我却能感受到一种令人喜悦的分量。就像一缕照进心灵缝隙的阳光，逼迫一些原本的阴影在消退，从而使整个内心一片明亮通透。今夜的醉意，仿佛也不同往日那种含混不清的醉意。今夜的醉意里，掺杂着蛐蛐的歌声，掺杂着一抹月光清辉下的孤独，掺杂着低吟的风声，有我们从远方这样的地方生发于内心的新的感受，甚至是新的语言。

次日醒来，我怎么也想不起，我是如何上到车顶的车载帐篷的，由于有一道拉链没有拉严，我发现，帐篷里有好几只酒足饭饱的蚊子正躺在那里酣睡，而我脸上的几个大包正把那种瘙痒的感觉向着全身传递。

接下来的两天里，这对老夫老妻每天像个开心快活的孩子，在花海中穿越、散步、拍照、抒情……

在辉河边，我看到孟先生静静地坐在柳树下的草地上，仿佛陷入了沉思。辉河幽静的流水像一面铺开的镜子，没有波澜，没有些许的喧嚣，只有这万古寂静的时光随着流水缓缓地流淌。朋友也喜好文字，那阵子，我不知道他的内心是否会因为这一片寂静，这一条草原上的河流有什么触动和感慨。我能想到的是，这种自然的宁静，他一定很久都没有体验和感受了。那些河边摇曳的花朵、探入水中悠然飘动的垂柳的发梢，以及浅水处欢快穿梭的小鱼、潜藏在深草里偶尔发出的野鸭雏鸟的叫声，是不是正渐次给他的内心带来欢悦和一缕缕美妙的遐想呢？

那是一种让人羡慕的景象，人和自然完全融在了一起，没有任何干扰。一条河、一片荒野、一片蓝天，还有一个人。我相信，在那一段时间里，朋友的心思是不会离眼前的景象太远的，不会远到几千公里之外的单位、办公室，或者熙熙攘攘的城市街头。他的心思，应该更靠近一丛树荫，靠近更崇高的自然的静谧。

在这偏远的草原深处，我能用来招待朋友的东西实在不多，甚至连几根新鲜的黄瓜都没有。可是，如果眼前的朋友，能因为这一条河流、一片草丛、一阵鸟啼虫鸣而感到身心愉悦、内心安然，我至少会少一些愧疚，以弥补我在一些方面不能周全相待的缺憾。

几天的相聚，简单、快乐、愉悦。更多的时候，朋友的爱人总像只小鸟一样，享尽那只雄鸟的关心与呵护。有时，看着他们挽手在草地上漫步，沐浴着夕阳的余晖，沉醉在落日的辉煌里静若止水，那画面让人感觉很是温馨。当爱与整个天地融合的时候，那种呈现在大地上的静美，如若永恒。仿佛每一个细微的举动都值得记忆，每一个恬淡的微笑都能暖透人世的悲凉。

　　有一个微笑就够了
　　手里有另一只手就够了

　　假使不能让你穿着奢华的貂皮大衣
　　出入在高贵优雅的殿堂
　　你是否还愿意，和我一起去看山野里的玫瑰花

　　假使你喜欢那些乡野上的清新
　　我愿意，陪你去往大地上的任何地方
　　让你围一件朝霞的丝巾

让夕阳的红和黄，成为你披肩上
最耀眼的花朵

如果，你愿意亲近这自然的繁华
我愿作一缕风
慢慢陪你到海角天涯

8月15日，他们要离开坡尔德前往满洲里等地继续游走。早饭后，我先开车送他们去辉河林场，因为他们的车还寄存在那里。

一路上，风很大，窗外有雨丝向着一个方向斜斜地飘飞。八月的草原，似乎已经提前开始向秋季蔓延，一些草也由绿变黄，淡淡的一层，像是自然的巧手在一块绿色的丝绸上，绣了一片橘黄。

人的情绪有时候总会不自觉地和自然的景象联系、甚至融合在一起。这灰色的天空，淅沥的小雨，淡黄的牧草……营造着离别的氛围。

辉河林场取了车，我又开车陪他们一路向北，一直到几十公里外的伊敏镇。我借口要去伊敏买一些生活用品，因为那是一个相对更大一些的乡镇。其实，辉河林场的超市里，完全具备我所需不多的油盐酱醋。

我在一个路口下了车，看他们的车子缓缓从后边赶了过来。朋友将车停在我前面的路边，打着双闪，同时把一个笑容端在窗口。我也没有近前去，只微笑着给他们挥手。

我斜靠在车门上，大概一幅邋遢又如若痞子的模样。从我斜过去的视线里,他们的车子渐渐远去,向着北方,迎着小雨。

  风很大,吹着我的衣衫发出哗啦啦的响声。世界仿佛又很安静,因为我能听到雨点落地的声音是那么的清晰。

琐碎的事情

小屋落成后,生活中就没有什么大事了。

每天,我会不紧不慢地做一些零碎的琐事。虽然看似不重要,却依然能带给我许多的快乐。

当安装好太阳能电板,小屋里的灯泡第一次发出迷人的光亮时,我内心的喜悦也在熠熠生辉;当把信号增大器安装在七八米高的木杆上并有信号从手机屏上音符一样开始波动时,我内心的喜悦似乎也在波动着。这些快乐来得悄无声息,一次次地带给我惊喜。

这些细微的快乐,一点不逊于我在任何地方或通过任何方式而获得的快乐。相比来说,我更愿意享受这种不起眼的悄无声息的快乐。那些轰轰烈烈的快乐,像雷电,来得猛烈,去得也快,让人来不及回味。

　　有些事情，不在于它的大小，如果人是怀着美好的愿景和快乐的心情在做事情，这件事情本身就已成为快乐的一部分。人不会在这样的过程里因为劳动而觉得辛苦和懊恼，即便这些事情看起来细小烦琐，但结果总能令人满意。农民手捧着饱满麦穗时的喜悦和政客获得提拔时的喜悦是一样的。除过这种喜悦的来源不同之外，喜悦所滋生出的美好是不会因为产地不同而有所锐减。

　　我在小屋门前的空地上钉篱笆墙的时候，内心充满了愉悦和期待。

　　这些做篱笆的木头都是好心的巴根那送我的。每当我拿着锯子或榔头开始工作的时候，心里总会充满感激的快乐。当你投入在这种愉快的劳动中时，你的快乐就是双重的。一份来自普通人善意的赠与，另一份，则来自当下挂在脸颊上那些活泼的汗水。

　　做篱笆，不是什么复杂的事情，但我的确从来没有做过。所以，开头的工作难免要像设计一个伟大的建筑般在心里琢磨出大体的结构和数据来。这对草地上的牧民来说，实在算不上是需要什么聪明才智的事情。可是对于我这个心笨手拙的人来说，无疑是一件需要考量能力的事情了。

　　事实上，做篱笆墙比我想象的要简单得多。你只需要事先把横杆和竖杆的尺寸定下来，然后用锯子一根根地截断固定就是了。即便是每根杆的长短不是那么严格一致，也无关紧要。因为你只是做一圈实用的篱笆墙，而不是去参展或者供人参观。

　　做这一圈篱笆墙，我大概花费了两三天的时间，当然只是利用了每天里的一部分时间，或是阳光清新的早晨，或是夕阳垂暮的黄昏。

每次开始干活，我都觉自己像个木匠，提着斧头、锯子、钢尺、钳子、铁丝和装钉子的袋子，热情十足地投入到劳动中来。有时候，我会觉得，正在进行的是件十分庄重的事，具有某种不可言表的仪式的庄严性。后来我慢慢发现，倒不是说你在做一件多么了不起的事情，而是这件事情对于自己来说意义重大。相信有许多人和我一样，已经很久没有从事过真正的体力劳动了，这种陌生的感觉，会唤醒人性中一直存在而却很少醒过来的那种对体力劳动的亲切感，或者说真正的荣耀感。尤其是你所做的事情，和这个社会的功利和别人没有任何关系，你只为自己的内心在付出努力，那种纯粹劳累的感觉有着不可言说的奇妙的力量，它会直抵心灵深处，然后打开一道又一道一度长期虚掩的快乐之门。

围绕我小屋的篱笆墙大概有70米长，我粗略算了一下，篱笆上下的横杆有近28根，长度在3到4米不等；用以固定的竖杆每根长1.2米左右，总共用了398根。从数字上来看，甚至让我有些吃惊。不过无论远观还是近看，这道我亲手制造的朴素的风景是那样惹人喜爱。每每日出或日落时分，草地上篱笆墙的倒影就十分明显，仿佛是爱美的木头在照镜子一样。往往在这个时候，常会有一两只喜鹊站在篱笆上不厌其烦地传递着它带来的喜讯，仿佛它总是怕谁会没有听到这个消息，便会扑闪着翅膀从篱笆的这头飞到那头，持续用它那尖锐而嘹亮的嗓音执着地叫喊着。它是喜讯的使者，似乎从不会带来什么悲哀的坏消息，所以总是满怀喜悦试图让它周围的每个生命都能感受到它们用热情所传递的喜讯带来的快乐。它的无私在于，不会把每一个喜讯有意地遗漏，不管是关于一棵小草的，还是一只虫子的，抑或是有关我的……令人奇怪的是，我从来不会对它的聒耳感到厌倦。

有时候，我也会干一些其他的零活。比如为了储备燃料，我时常在小屋周围的草地上像寻找宝贝似的去捡牛粪。在这里，做这些不会被人看作是什么卑微的事情。你也不会像城里人那样，拒绝让视线在一堆牛粪上生发出快乐的感觉。我小的时候，村里人基本都靠种庄稼营务生活。那个年代，化肥还是稀缺且奢侈的物品，所以，希望土地能有足够的地力来滋养一茬一茬的庄稼，就全靠村里所有那些牛羊猪驴的粪便给土地增添力量了。我也是在那个时候让年幼的自己对牛粪、羊粪产生了一种莫名的好感，甚至在几十年以后的今天，依然觉得这些落在地上像花儿一样的牛粪，还能在内心生发出一种温暖的力量。所以，每捡起一块牛粪装进袋子里，便感觉像把童年的一份喜悦捡了起来，也让我在劳作之间，让内心的快乐横跨在岁月的桥梁上，如是在彩虹的拱顶上，回味着过去的美好，也把更多的美好，提在手中的那个编织袋里。

这些生活中琐碎的快乐，就像我身边大草原上到处盛开的野花一样时刻充盈着我的视野。它们如此细微、如此微不足道，但却能让人的内心感到十足的富饶。

我想强调的是，这种快乐的前提必是发自于你内心真正的需要，而且这个前提的注脚里，应该写满一个人对生命和生活的诚意。如果你是通过一些卑贱的手段，得到了你期待的结果，同样的结果所带来的快乐却有天壤之别。

快乐也是有卑贱之分的，一如善恶之花。

我十分珍惜这些来自琐碎生活中琐碎的快乐，它离我们的内心更近一些，也更真实一些。

你是在意一个人对你阿谀奉承、拍马溜须、虚情假意地赞扬所产生的暂时的快乐，还是愿意珍惜女儿在你脸颊上亲吻时产生的那种甜蜜的快乐呢？我想，答案只会是一边倒。但是，又有多少人会忽略这些琐碎的快乐，而只愿享受那种体面的、声势浩大的、被贴上金边的快乐啊！

来自某些集体场合中的快乐，就像是天边一片绚丽的晚霞，太阳落下去，这份绚丽也就沉入了深浓的黑夜。有些快乐，虽然来得悄无声息，甚至伴随着寂静的孤独，但它却能深入你内心的那片阔大里，像森林中的樟子松常年保持着四季的青绿，而且总在散发着一种持久的、令人舒爽的清香。

改 变

当初,有不少人质疑我是否真能耐得住漫长的孤独和寂寞。后来发现,我根本没有时间去应酬那些所谓的孤独和寂寞。

看起来我每天并没有什么重要的事情要做,也有足够的空闲盛放黎明的露水和夜晚的清晖,但我所经历的这些看似不重要的生活内容里,却就是没有空余的地方来盛放游离的孤独或者忧郁的寂寞。

大部分时间里,我不是在扎篱笆、捡牛粪、劈柴火、洗衣服、蒸馒头,就是在河边漫步、听水鸟啼鸣、看蜻蜓追逐。在芍药花盛开期间,我坐在林子里,沉浸在那些花朵带给视觉的盛宴里,常常会忘了在这小小林间空地之外还有别的什么更好的世界。有时候,阅读也能让人感受到时光不复存在。在那些文字如野花野草般掩映的幽径小路上，你形同走在童话世界里，被神明和天使引领着走向生命的秘境。那里，会遇到最温柔甜美、宽厚慈祥的笑容；你会在婴儿的眼睛里，发现人性最初清澈如泉水般的纯净。阅读让人如入梦境。即便你从来没有见过大海，你也能从这些文字里嗅到大海的气息，如同海燕一般，感受着大海磅礴宽广的胸怀。我们也难免在这些文字里遭遇丑恶、死亡、自私、贪婪、虚伪、罪恶……但是，走过这些布满荆棘的荒野和丛林，我们终能在本能的期待和那些智者的引领下，再次走向人性的光明，就像深深地喘了一口气。

　　这里没有街道、没有商场，甚至没有一条正规的道路。无垠的草原是这里最华丽的门面。十几户牧民，构成了这里充满人间烟火的古朴风景。

　　每天，伴随着日出各种鸟啼声最先打破草原的寂静，或者呈现出这一天最富生机的景象，让早起勤快的牧民充满了野玫瑰般的热情和九月菊般的悠然。

　　那时候，或许我正坐在原木凳子上，一心看着喜鹊站在枝梢上梳洗着羽毛；看啄木鸟正观察着因为病痛折磨而皱着眉头的树木，目光犀利而坚定。风总是很大，像不够温柔的保姆，让那些树荫动荡如浪涛上的小舟。如果那些鸟巢里正巧有嗷嗷待哺的雏鸟，想来，它们一定对这样的保姆充满了怨恨和诅咒。

　　对于我，无论多大的风，我都会觉得，是一首动人的歌。

　　我不知道自己是从什么时候开始，就这样和草原的天地慢慢融合在了一起。习惯了太阳三点多就照亮窗户，也习惯了长夜里除了虫鸣之外的庞大安宁。

在小屋落成之后,我似乎就成了一个地道的牧民,在一家和一家相距甚远的地方,开始过着相对独立而又安然的生活。

我最近的邻居,在一个斜坡之上千米远的地方。虽说不是很远,却不能一眼看到彼此的房顶。如果视野里再没有任何一座建筑物的时候,无论是有意识还是错觉,我都会觉得,自己是这个世界唯一的居民。四野里的树木、河流,甚至天空漂浮的云朵,仿佛都是自己的私有事物。那种心境,会放大一个人的满足感,甚至让欲望也受到欺骗。你会感觉自己就是一个十足的贵族,不光拥有着广阔的大地,就连花开花谢都不关外界的事。你会心拥着自然的慷慨馈赠,像个守财奴,又像一个再无贪求和奢望的知足鬼,就连一场小雨,或一幕落日的辉煌,都能让自己感到生活的丰富。

看来,草原,正在改变着我一些生活中的顽疾,抑或是将来要面对和经历的未知的枝节。

我刚刚入住小屋时,早早就做了一圈篱笆墙,以防牛羊来撒欢损坏我的屋墙。出门时,也不会忘记用铁丝扣把篱笆的小门挂上,甚至把小屋防盗门也锁上。一次,相约邻居孟根一起去镇上,当看到我哐当哐当拧着钥匙锁门时,他用一种异样的目光打量着我的举动。随后,他惊讶地问我:"还用锁门?在这里还用锁门?"我没有想到,这在以前我生活中惯常的动作,竟然让他觉得如此不可思议。接着又想:是啊,在这地方我锁门有什么必要呢?姑且不说我这里十天半月不会来一个人,即使有人来,我的小屋里又有什么值得让别人带走的东西呢?关键是,谁能这样想呢?

从那天开始,我再也没有锁过门。也再没有在皮带上挂过钥匙。这不仅省去了锁门开门的麻烦，心里也再没有因为锁不锁门，或是忘记到底锁没锁门而带来的纠结和烦恼。

还有一个让我死心塌地的理由是，后来我在和这些慢慢熟悉的邻里走动时，无论家里有没有人，你都只管长驱直入。除了他们家的狗会警觉地奉劝你几声之外，没有一家的门会用锁来阻挡我的到访。即使他们会远离草地去几百公里之外的城市，哪怕离家好几天，那些门，依然只是虚掩着。

这要在城市是不可想象的。

在草原生活近半年的时间里，我已习惯了风一般自由来去的轻松和惬意。我篱笆门的铁丝扣坏了有好几个月了，我也没兴趣去修理。并不是我懒惰，是着实没有必要。

这里的偏僻，是一种地域上的偏僻。又像是有一道鸿沟，阻挡着草地人传统的生活习俗不被外界所干扰。我不愿意用当下的眼光和视角来评判这种生活是否落后愚昧。但我保证，这是我内心一直期望并喜欢的那种简单而朴素的生活。即使有人会不屑地说我虚伪，我也不会改变这种心声。

有时候，去镇上购物，花销远不及来回开车加油的费用，但又不得不去。民以食为天。坡尔德有这样一种估计全世界都罕见的习俗：凡有亲朋好友来拜访你，他们手中的袋子里一般不会装什么好烟好酒，却会装着几根新鲜的黄瓜或几个洋葱、土豆，甚至大葱之类的东西。

即使是我再熟悉不过的巴根那，每每他来我小屋的时候，塑料袋里不是装着大辣椒、洋葱、大蒜，就是他们腌好的酸菜……

好几次，我的邻居铁山，也给我送来了苦瓜、西葫芦、西红柿等蔬菜。有一次，我外出散步回来，看到门口放着一个蓝色的塑料袋，打开一看，是一颗颗还粘带着沙土的土豆。不用猜，我知道是铁山放在这里的。前两天，铁山就念叨着说土豆熟了，你去挖一些。不承想他自己又亲自送了过来。

这是我喜欢的生活，喜欢的人情味。

我并不想把对家庭"不负责任"的生活态度做更多的解释，这样更易引起一些人的误会。人在选择怎样生活的时候，尤其对中年人来说，务必得谨慎一些，哪怕是冒险的投资，也需要详尽的思考和充足的准备。

如果非要我说出一些理由来阐释自己为何选择这种生活方式，我只能说，我想通过生命一些真切的体验，来书写我想要书写的生活。无论这是一种盲目的冒险，还是无稽之谈，只有我明白，自己在做着怎样的事情。

独居半年多来，我觉得最大的改变并不是拥有了一种脱离俗世生活的惬意，而是我渐渐走进了自然，融入了星空。我的快乐，不再是来自酒桌前的尽情豪饮，而是来自一只白鹡鸰清脆的哨声。我的寂寞，也不再是来自独步街头时的黯然和失落，而是来自星空的浩瀚和万世的安宁……

这都是我生命中一些意外的收获。这些我生命中的珍宝闪着光亮，有着不可替代的珍贵。

我在接受这里一年四季由风不停改变的事物，也在炊烟悠扬的清晨和黄昏，独自打理着简单的生活。我的兴趣广泛而有序，我正企图寻找那些花朵里深藏的秘密,希望在一只昆虫的足迹里发现时令的预兆;我会关心一棵树的四季,并把这样的经历以插图的方式镶嵌在记忆中。如果,我还有什么更远大的理想,说出来估计会遭人笑话,那就是,我在寻找"简朴"这个词语的意义。

我希望在这条道路上,能得到简朴所蕴含的所有青睐和眷顾。

向阳而生

邻居

　　一年多来，我跟周边邻居走动得不多。我并不是那种不愿与人交往的人，事实上我觉得自己是个与任何身份、任何职业的人交往都能找到共同话题并乐意聊天的人。

　　与人交流是个愉快的过程。如果遇到有趣、思维敏捷、内心又善良的人，我更愿意为此付出时间和诚意，并希望能带给别人舒适愉悦的心情。

　　富有诚意的交谈，就像清澈的溪水在交流者心中流淌。那些小的浪花，都富含活跃的思想和明净的声息；每个优美的漩涡，都是旋转的快乐；阳光在溪水上闪烁着银子般的光亮，如是交谈者内心共识的碰撞。可能是对一粒种子的认识都怀有信仰般的敬畏，可能是对大雁的理解都富含诗意和故乡般的情结。如果话题是趋向简朴的，那么这条小溪就像流过寂静的山涧和宁静的村庄一样，会因为一些杜鹃花、向日葵、岩石、沙柳、小鲤鱼，还有溪水边的稻田、饮水的山羊、青蛙的鸣叫、荡漾的芦苇，而给交谈者的内心带来馥郁的花香、风吹稻穗的歌声、悠扬的管弦乐和丰富明媚的色彩，带来宁静、淳朴以及恬淡、祥和的感受。那种享受，是有别于任何物质掺杂着目的交流所产生的快乐和喜悦的。但是，这样的交流却不会很多，或几年中才能遇到，可谓稀有。

在草原，住户大多比较分散。这是我和他们走动较少的一个原因。其次是除过冬季的其他季节他们都较为繁忙。在冬季清闲的时候，几十厘米厚的积雪几乎完全阻碍了我出行的可能。在冬季大部分的时间里，我只能在自己的小屋周围活动，去近处的河道上散步，或守着小屋的宁静，把生活的欲望和圈子收缩到最小。此外，零下四十多度的严寒，也足以冻结一个人外出的冲动和热情。

这个时候，牧民们会把散放了半年多的坐骑从林子里抓回来，重新备上马鞍，套上笼头，恢复他们一度中断了的传统。我没有任何一匹能在冬天的雪野上制造风景的马，因此，我总被严寒和积雪局限在有限的空间里，一个礼拜甚至十几天见不到人是常有的事。我像被世界遗忘了，如山野里自由呼吸的狐狸，独自蛰伏在冰天雪地里。欣慰的是，我并没有觉得孤独，却很享受在雪野上漫步的自由和独处的安宁。

我最近的邻居在千米以外，步行应该不到十分钟的路程。我的小屋就建在他家的草地上，因此，往来会多一些。其次，常去的巴根那家，距离我将近八公里。去他们家，我一般得开车或者骑摩托车。去年冬天，我只去过两次，一次骑邻居孟根的黑马，一次坐马拉雪橇。

巴根那一家是我最早认识的草原人家。我能来草原生活，也完全是因为有他们的帮助。

巴根那比我年长几岁，身形端庄，个头瘦高，不善言语的他说话略带结巴。他不算真正的牧民，在林业部门的防护站上班。防护站就在林子边上，距离他家不到五分钟的车程。这个小站只有一间屋子，四个人上班。从远处看，看不出这是一个单位。它和草地上牧民家的房舍几乎没有任何区别，唯一不同的是房舍周边没有牛棚、羊圈以及那些牛粪垛。

巴根那虽说不是地道的牧民，但上班之余，他就变成了牧民。找牛、圈羊、打草、给牛羊打针喂药、清圈、修拖拉机，这些牧民必须要面对的事情，巴根那都得心应手。他文化程度不高，但却能熟练地同时用蒙语和汉语与人交流。他是个内心简单的人，就像他不善于社交和设计生活一样。从与他几年的接触中，我对这个老实巴交的人逐渐有了更多的了解，就像我把一本书读了十几遍一样，对书中的内容和其中蕴含的意义都有了更深的理解。

他很少离开草地，对外面世界的了解仅限于电视的引导和启发。他熟悉的事物似乎也并不多。除了森林、草地、牛羊以外，这个世界对他来说几乎是陌生的。他没有什么宏伟的远景计划，更没有太大的野心，仿佛这片草原大地不适合滋养此类作物一样。他过着简单而并不富裕的生活。但能看出，他在极其用心经营着自己的这方小天地。夏季,他一般在凌晨三点左右起床,料理各种有关牲畜的事情。即使在漫长的冬夜,他也会在凌晨四五点起床,早早地开始熬奶茶,或是做些屋里能做的事情。总之,他是一个勤劳的人。

因为内心的简单和不并强烈的欲望,使巴根那看起来总是那么随和、满足、欢乐。他喜欢喝酒。一年四季,几乎没有哪天他是不喝酒的,但他却并不嗜酒。酒,对他来说像种生活的调味品。无论基于寂寞的生活,还是出于社交礼仪,或因为满足个人身心的激奋或快感,喝酒在这方辽阔的草原上都是必要的。

酒,让他释然。使他觉得是享受。

广阔的草原能带给人精神和内心可享受的东西并不是太多。这里过于辽阔,没有多少可以和精神碰撞的事物。巴根那也有喝多的时候,那时,他才更像是一个真正的牧民,语气粗犷豪迈,脸也会涨得通红,目光里跳跃着少见的光亮。只有这时候,他才会说出一些比较张扬的话,就像炉膛里的柴火,释放着木头里原始的热量。可醒酒之后,他又恢复到那种惯常的状态,语气温和甚至会有一些腼腆。

与他交流,最好是在他喝酒的时候。那种状态,就像是慢慢打开一个水龙头。等到水流开始喷涌的时候,他的语言才显得活跃真实起来。

巴根那的话题大多也只限于在草原范围内游移。为一只丢失的绵羊,他会心痛如同丢了一辆汽车念念不忘;他的理想会因为今年新出生的十几头牛犊而长出翅膀,这让他买车的愿望在五年的期限内又缩短了一截;他也会取笑自己,用一种自诩的方式和幽默的语气谈论他上了八年小学的光辉历史。尽管有时候,他也会显得失落,但都是轻微的。他很容易在生活的得失之间找到平衡的支撑点,这使我看不出他有什么大悲大喜的跌宕和起落。

生活中,他是一个虔诚的人。就像佛教徒一样,遵循着生命的底线,心存敬畏。

他热爱牧民的生活,谨守着鄂温克人的传统习俗,从不妄念远离生活的浮云。他算不上一个有知识的人,但他的言语有时却表现出智慧的光亮和哲学的蕴意。他的为人处事,并未经过儒释道的熏陶,完全出于他的本性,出于草原传统文化甘霖的沐浴。他虽不能像所谓成功人士那样,拥有尊贵的权力和物质的富有,但谁又能说这样的人生就不值得我们去欣赏和尊重呢?他看牛犊时闪烁在眼睛里的喜悦,和一个富人看着自己的游艇的喜悦是一样的。喜悦的本质是人的内心感到的舒适和快乐。任何喜悦其本质都是一样的,无论它产生于何种事物与何种状态,其喜悦的结果都是统一的。

也可以说他只是一个小人物。但大和小,只是人类意识里面一个虚拟的假象。何况,每个人的内心都是极其辽阔、深不可测的世界。我们能目睹并已得出的某些结论其实并不符合事物的本质,就像一个盲人摸到大象的腿就认为大象如桌腿一样,更不要说我们能真正看清内心世界的富有以及对此做出评判的可能。接受过高等教育并获得诸多学术荣誉的人,未必在生活中能比大字不识的农民更富有爱心、更善良或更快乐。因此,我们通常是没有足够的能力去对别人的生活妄加评判的。如果我们乐意用谦逊宽宏的眼光去发现和欣赏这个世界,我们就会发现,许多闪光的东西都隐没在平凡和细微之中。人类固有向高看的习惯和癖好，因此，总被表面的高度和光耀迷惑，出现对美的误判。但这并不影响低处那些事物本身所具有的能量和金子般的品质。就像生活，我们远远无法感知和看清普通的家庭里，有着怎样令人羡慕和意想不到的快乐和欢声笑语。

巴根那，心里也一定有属于自己的乾坤。

巴根那的爱人奥拉，达斡尔族。她虽然婚后才来到草地，但这个从小在城市长大的人却成了一个真正的牧民。她做事干练，雷厉风行；快言快语的大嗓门，如呼风唤雨。草原生活完全把她锻造成了浑身散发着牧人气质并外显着坚韧的草原女人的形象。

奥拉家的几十头牛、上百只羊、两条狗、二十多只鸡、两只鹅、一只猫，还有一头骆驼几乎就是她生活的主要内容。大部分时间里，她总骑着一辆摩托车在方圆数公里的范围内来来往往。她和巴根那一样没有过于奢华的梦想。他们眼里所能触及的视野，似乎仅限于当下的生活。如何把牛群照顾好，如何给咳嗽的羊羔打针喂药，如何准备好冬天的储草，如何减少银行的贷款……他们的理想仿佛近在咫尺，触手可及。他们和我接触到的其他牧民一样，都只对当下的生活投以全部的热情和精力。好像未来的种种设想和美好都是别人的事。他们只注重此时此刻的时光，并努力使进行的每一分钟都和生活产生密切的关系。

诚如《佛陀传》里佛陀所说：生命只可在目前的一刻找到，但我们很少会真心投入此刻。相反，我们喜欢追逐过去或憧憬未来。我们常以为自己就是自己，而其实我们一直以来都甚少与自己接触。我们的心只忙于追逐昨天的回忆和明天的梦想。唯一与生命重新接触的方法，就是回到目前的这一刻。只有当你重回到这一刻，你才会觉醒过来。而只有在这里，你才可以找回真我……因为过去的已不可再来，而未来的也真的未到来。生命只存在于当下的一刻。我们失去此刻，就是失去了生命。生活于当下一刻，才是更好的方法。我想，虽然这些牧民未必知道这些深奥的生存之道，但他们一直用一种切实的生活在解读着这些来自2500年前佛陀的醒觉之语。

我十几岁离开乡村以后，邻居这个词便渐渐变得陌生了。在城市高楼林立的世界里，邻居，这个一度如柴火般温暖朴实的概念正在逐渐消失。这种消失，犹如柴火变为灰烬。当我们感到这种缺失在内心滋生着无数遗憾和无助的时候，才意识到，一些消失的美丽就如同消失的古文明，只能作为后人考古时的惊叹或遗憾。

其实，邻居的本意和概念从来不曾消失，消失的只是我们内心原有的格式。我们轻易就从时代变革的过程里，放弃了一种和谐的构架。从某种程度上来说，这和时代无关，仿佛只是人自身在退化。就像现代化的城市越来越繁华，但城里人并没有在同步中变得更文明或更快乐。人们从本质中获取原始的快乐和幸福越来越少。从树上摘果子吃和从超市里买果子吃，或许都能让人感到快乐，但快乐的本质发生了变化，这种快乐的效应自然也会发生质变。

机器正在代替人类享受或消灭那一部分本质的快乐。便捷的交通工具代替了人行走的快乐；自动烹饪机，代替了人做饭的快乐；网络购物，代替人了逛商场的快乐；手机，代替了人面对面交流和久违重逢的快乐。事实上，人正在变为机器的机器。冷漠、懒惰、无情、自私且缺乏思考。

　　雨果曾告诉他的读者：城市会使人变得凶残，因为它使人腐化堕落。山、海和森林，使人变得粗野，它们只发展这种野性，却不毁灭人性。早在20世纪，被苏联流放的获得诺贝尔文学奖的亚历山大·索尔仁尼琴在美国的一次演讲中，就曾严厉抨击西方社会的实利主义。他反对"贪婪的文明"和"无限的进步"。他认为，提高社会道德水平比发展经济和健全社会体制更重要，因为纯洁的社会气氛要靠道德的自我完善来产生，稳定的社会只能在人人自觉地进行自我克制的基础上建立……人类不容置疑的进步只有一个，这就是精神上的进步，就是每个人的自我完善。他说：人类没有内心精神上的提高，那么徒有外部形式上的自由制度，那也是枉然。因此，他提出应把"悔过和自我克制"作为国家生活的准则。现在来看，这些思想依然没有过时，而且更显出这些思想的珍贵和它久远的意义。或许，我们可以不加用心地把当前和这些思想做一番对比，便可以证实这些思想的可贵之处。

　　幸运的是，来到草原以后我又有了邻居。虽然我们之间相隔六公里，但是，距离并没有影响我们把邻居这个词一天天滋养得更为饱满。

　　通常，我去巴根那家的次数要多一些。我基本是一个闲人，又有车可以代步。但凡他们家做什么好吃的，我都会接到邀约，而且几乎从不失约。当然，他们家有什么事情需要帮忙，比如打草、拉草、给牛棚钉篷布，或是去镇上购物等，我也会心怀喜悦、毫不推脱。事实上，从我们各自的内心来说，我们都是受益者。无论是谁对谁付出，都是一种内心的享受。因为我们的出发点，和利益毫无关系。这也正是快乐的本质，这样的快乐缘于人间的烟火，缘于爱，也缘于一颗不被功利左右的心灵。

陪伴

入住草原以来,陪伴我的都是一些清静的事物。比之以往的城市生活,一切都变得越来越简单。

清晨,从睡梦中醒来,陪伴我的往往是窗外一缕明媚鲜亮的阳光。小屋里充满宁静的空气,阳光照在我的书桌和书籍上,淡淡的金色,让人觉得既朴素又高贵;偶尔会看到一只蜘蛛在房角的蛛网里坐禅人一般,让人不由揣测,它们内心有一种神奇的力量,正逐渐推开智慧的门并在那里得到心智快乐,静静地观想生死的无常。

如果压着的炉火没有熄灭,我会用火钳通几下,立刻,假寐的火苗又燃烧起来,闪耀着活泼的光亮,舞蹈一般,让人不由想多看会儿。

新的一天，也如这新的火苗，闪烁着明媚的光亮。

清晨散步回来，阅读会伴我度过一段美妙的时光。

阅读是另一种形式的散步。你会看到更远处的江河、森林、荒野和稻田；你能穿越时间，在古老的菩提树下，聆听圣人的低语；你会看到一块活着的石头，托着一方苔藓的童年轻轻细语，虽然它们很少说话……你被一些崇高的东西牵引着，在迷雾中穿行，直到阳光把整个大地照得通体透亮，让你看到生活在经历艰难之后所呈现出的迷人风光。

在阅读中，路总是向前延伸，没有尽头。你的脚步所到之处，没有阻隔。所有大地上的江河山川、东西南北仿佛只是一个整体，没有你我之分，没有国内、国外的界定。美丽的玫瑰花，在所有人门前绽放着白色和红色的浪漫与安宁。河流经过的地方，人们在插秧、洗衣、沐浴。牧童骑在牛背上，一只紫色蝴蝶落在他赤裸的脚趾上，仿佛露水打湿了它的翅膀，需要被人捎带一程……这些美好的事物，就像从窗户间洒进来的阳光，让人感到温暖、喜悦。这温暖，犹如春天的泥土生发着许多生命的嫩芽。这些鲜活的生命就是那些书籍里弥漫的爱和崇高的思想。我时常会沉浸在这种阅读的愉悦中，感觉内心的江河正慢慢变得更为开阔。有时候，又让我受到感染，生出一种强烈的写作的欲望和冲动。

牧民的眼里

牛粪和雪花一样干净

牛粪燃起的火焰

唤醒平实而朴素的生活

毡房里奶茶的芳香

一如祖母的呼吸

熨平更多日常的褶皱

我学着在春天捡牛粪

烧热冰凉的土炕

用融雪的水

沐浴煮茶

或许,我比古人

从牛粪这天然的养料里获取的知足

更多一些

  好的书籍,是一股泉水,能让饥渴的人得到满足。阅读是一个人打着火把在夜里行走。虽然孤单,可被火把照亮的地方,或许正有花朵散发着馥郁的芳香,而那正是阅读者要寻找的蜜源,那是属于一个人的秘密所在,走累的身体和灵魂,将会在这里得到小憩。

  人,需要经常和一些书本待在一起。这是一种稳定的、健康的、光明的、趋于永恒的陪伴。不像朋友,可能会在半途出现或离去;也不会如情人,只带给你一时的快乐。

  缺乏阅读的人,脸上会少了一种光泽,就像在大树遮蔽下缺少光合的植物一样没有生机，耷拉着叶子，神情颓废。

如今，很少看到那些在长途列车上读书看报时才会显露出的平静的容颜了。阅读变得越来越奢侈。网络的介入，已经完全改变了人类的思考和行为方式。人们整天在巴掌大的手机上，在各种八卦和虚假信息的网络海洋里流连忘返。人们从来没有像这个年代一样对世界充满好奇。似乎每一刻、每一个地方发生的事情，都值得关注。无论是战争危机、粮食危机、经济危机、婚姻危机，抑或是哪个明星生了什么样的孩子、出了几次轨，或是哪里发生了盗窃、哪里的公路塌陷、哪座房子被强拆、哪里的水上乐园开业，等等。无论是八卦还是所谓的新闻，都永远无法满足人类巨大的需求深渊。可这些碎片信息，我们真的需要吗？智能手机的出现，就像两块正极相对的磁铁，正逐渐把人与人的距离、人与书本的距离、人与自然的距离强拆开来，同时，也衍生了一个被称为"低头族"的庞大族群。比起地震、海啸这些自然灾害，所谓的"文明"，可能正在酝酿着一场更大的灾难。难道不值得我们思考和警惕吗？谁又能阻止这场灾难的发生呢？或许，只有神，或者书籍。

梭罗在《读书》一文里说道：文字是最珍贵的纪念物。比起任何别的艺术品来，它既和我们更为亲密，又更具普遍性。这是最接近生活本身的艺术……书籍是世界珍贵的财富，是世世代代和一切国家最好的继承。最古老和最优秀的书籍自然而然地、合情合理地占据着每一所房子里的书架……我们应该和古代的圣贤一样优秀，但是首先要知道他们有多优秀。我们是一群矮子，我们智力翱翔所达之处不过稍高于报纸的专栏而已。我想，如果我们还没有意识到自己是一个矮子,或者说在矮子的基础上不仅没有成长,而且越来越矮,我们将失去的不仅是读书的快乐,更是成长的快乐。

在下雨之前,我觉得有必要收回这些飘得太远的思绪。就像要把晒在篱笆上的被褥收进屋里一样必要。

我这样过着被许多人看来是"不负责任的懒散生活"。对此,我并在意。我知道,我在做着一件自己擅长的事情——平静生活,平静阅读,平静写作。即便我完全是个业余写手,这一点儿也不会妨碍我坚持自己的信念。我相信我会像勤快的农民一样在自己的土地上有所收获。哪怕收成不会太好,但总比没有好。农民将多余的粮食送到市场,既是获利,也是奉献。可能,我也会把自己多余的收获,有偿或无偿提供给一些需要的人,作为他们精神世界的一缕阳光。哪怕只有一个人需要,或只给一个人的内心带去温暖和快乐,我也会感到满足。

在这里,我将和更多的事物互为陪伴。在布谷鸟的歌声里,捡拾烧火的牛粪或朽木。如果是六月,我会坐在开满白色花朵的山丁子树下,读约翰·海恩思的《一个人在阿拉斯加荒野的25年》、奥尔多·利奥波德的《沙乡的沉思》和艾米莉·狄金森的诗集《尘土是唯一的秘密》,这是我喜欢的生活的样子;我会陪伴草原上开出最早的顶冰花悄悄打开它金色柔软的花蕾,陪它在夕阳下默默凋落;我会听听旁边恋花的蜜蜂发出深情的歌声,那重复的嗡嗡声,仿佛在表达着不舍和依恋的情绪。我会陪着一场细雨在草地上散步,想象雨水在地下受到无数生命隆重的欢迎,那将是多么神圣的场面;我会陪着夜莺的歌声,让它唤醒我内心的思念,这人世间最

在这里，我将和更多的事物互为陪伴。

美丽的情感将会使我受到鼓励和安慰；我会陪伴着这片没有商场、没有水泥地板、没有邮局、没有柏油路、没有路灯、没有喧嚣，只疯长着樟子松、老鹳草、野韭菜、鸡血蘑、蒲公英、银莲花、紫花苜蓿、粉色石竹、鹿蹄柳、野大麻、长刺酸模以及更多我未知的生命，静静安享我的独居生活。

漫步

午时的阳光温和明亮。

虽已是深冬,但当下的阳光让人无惧寒冷,给人自信。

走出篱笆围绕的小院,踏着积雪,我漫步向辉河边走去。

天空汪着巨大的蓝,不是深蓝,也不是湛蓝,而是光滑如丝绸一样柔和的浅蓝。这样的时候,不去外面散步,会辜负了这难得的好天气。

穿过门前数百米被薄雪覆盖的草地,浓密的灌木林出现在眼前。灰褐色的林木犹如精美的屏障,静谧地镶在辉河边上。走近时,听到风在树梢间路过,发出飒飒的脚步声。

河水已结了冰,冬眠般安静。

前段时间下过的几场雪,在别的地方几乎都融化了,唯有落在河道上的雪一点儿也没消殒。还那么干净、洁白、一心一意。

蜿蜒的河道像围了一条白绒绒的围巾,使得冰冷的雪野柔和了许多。

河流两岸,灌木丛生,芦苇葳蕤。细长的柳条在微风中向着一个方向倾斜飘舞着,让人不由驻足观赏了好长时间。

踩着松软的积雪,我在河道上逆流而上,脚下发出咯吱咯吱怡人的声音。四周因为大过寂静,我几乎能听到自己的心跳。独自漫步的好处是能更近距离地与自己的灵魂相处。在相对单一的环境和心境里,遇见思想、获得灵感,是自然的馈赠。比如一只小鸟的问候、一场轻风的吹拂,或是一场细雨的低吟浅唱。人往往需要在物质之外获得滋养和成长。

正午的阳光充沛明亮,两岸的芦苇显现出平时少有的金黄色的祥和神情。每当视野中出现这样大片的芦苇时,我的心情也跟着明快起来。好像那种温热的色泽会沿着人的视线如一股暖流般在全身蔓延开来,让人血液沸腾,心思如炉火般温暖怡人。漫步在这冰雪和树木交相辉映的野外世界,身心装满清新的空气和阳光,心灵总是焕然一新。走在这宁静又恬美的景致里,心灵是多么的安逸、从容,充满孩子般的快活与天真。谁愿意在这样美好的景致里,让一些生活的琐碎烦恼去扰乱内心的平静。在这样的宁静与祥和中,我们只会对天地、阳光和空气充满感激和敬畏。只有大自然能给予我们这样庞大而又纯粹的快乐,能让我们内心由此而生发出善良、爱、谦和、感恩,还有种种喜悦和明朗。如果我们能像贪婪物质一样去贪婪自然世界原始的美好和她博大的智慧，那人类肯定会多一些快乐和清静。

漫步野外，人会心无旁骛。沿岸的山丁子、稠李子、野山楂、毛柳和桤木相互簇拥在一起，形成了独特的荒野景象。

盛夏时节，在这样的地方穿行几乎是不可能的。但我还是经常独自在一片又一片的灌木林中摸索着穿行。那时林中的野草浓密旺盛，就像朝气蓬勃的年轻人。我喜欢嗅着野草清新的气息，让柔软的草叶与胳膊摩擦，感受那种痒痒的、舒适的感觉。有时候，会遇到林中一些精美的鸟巢。这些做工考究的建筑，是鸟儿们奇思异想用枯枝和羽毛类的东西构筑的温馨家园。欣赏着这样的建筑，你会对那些城市中的摩天大厦失去兴趣。或许鸟类才是这个世界最初的建筑大师，人类只不过是慢慢模仿罢了。

在交错密集的草木之间，还隐藏着诸多正在悄悄绽放的花儿。这些羞怯的、从不张扬的老鹳草、野百合、银莲花以及山刺玫就喜欢在这样的地方吐露芬芳、开花结果。即使花儿隐藏在如此密集的林木中，可是，具有探险精神的蜜蜂总能找到这些杯盏里的蜜源，并不厌其烦地在它们开辟出的航线上反复往来。

它们的嗡鸣声总在我的耳边萦绕，相比那些专业歌唱的昆虫来说，是如此单调乏味。可是，一支林间乐曲里，这音质是不可或缺的，而且，这样的声音更能体现出对生活的热情。

总之，夏日的灌木林就是一个浓缩的世界。

继续往前走，我发现高高的桤树上落着一只喜鹊。即使我已经十分接近，但它并没有表现出任何的惊慌和不安，在摇摆的树枝上

漫步

虽已是深冬，但当下的阳光让人无惧寒冷，给人自信。

荡秋千一般安然。从体型来看，应该是一只生于今年、正处于少年时期的幼鸟。它像个孩子一般抓着树枝摇荡着，毫无戒备。

我有意远离了那棵桤树，继续沿河而上。很久了，回头还能看到那黑白斑点沐浴在阳光中，仿佛婴儿在摇篮中睡着了一般。

离开河道，我进入岸边的灌木林。此刻，树木稀疏有致，杂乱中又充满秩序。野山楂和稠李子的树梢上，挂着如同葡萄干一般黑红色的浆果。如果积雪覆盖了草原，这些浆果很快会成为鸟儿们过冬的美食。

我摘了几颗放在嘴里品尝，一种酸甜的味道。比之深秋时那种多汁的味道，我更喜欢咀嚼这带着韧劲的冬天的野果。

我喜欢在这冬天的雪地上漫步，独自咀嚼一些过往的时光。想来，生活的快乐不过如此罢了。

斧头

窗外,风声呈波浪状,不断变换着节奏,或高或低,由强到弱,有着乐曲般的韵律,又如渐息的洪流。

天空飘着雪。纷乱,毫无秩序。像在风中深受迷惑,寻求解脱和救赎。在冬季,坡尔德的风雪天说来就来,来势凶猛,携带着令人绝望的严寒。与其说这是大自然多变不安的情绪,倒不如说是对生活在牧区人们的一次次考验。

大地苍茫,草原寂寥,雪地上的牛羊星星点点,它们缓慢地移动着,犹若这死寂大地上的生命符号,渺小而顽强。望着远处有炊烟升起,穿行在风雪中的牧人大概会加快脚步,那是他生活在这里的意义。

这样想着，我继续在雪地上漫步。

空气中有了潮润的湿气，云层浩瀚绵延，如天与地之间一层薄薄的巨大幕布。我看不到幕布之后那些就要登场的雪花是如何在用心地梳妆打扮，但是，我能感受到它们已跃跃欲试。

银灰色幕布的另一面，是大地肃穆干净的前景。一条冰冻的河流，以醒目的白色，呈现出大地的庄重。遗憾的是，平坦的草原上很难找到一个高地去欣赏，这让我对在高大的樟子松上跳来跳去的松鼠羡慕不已。

闭着眼睛想，心里就会出现一条美丽而庄重的河流，静谧、洁白，两岸芦苇荡漾，飞雀啼鸣。岸边有羊群在蠕动，像一片云的倒影，缓慢、寂静。在我的想象中，甚至出现了一座白色的蒙古包。毡房里，奶茶飘着清香，老阿妈哼着古老的歌谣，戴着老花镜正坐在烧着牛粪的火炉旁缝制羊皮褂子，或是翻炒着铁锅里的黄米。屋顶上炊烟缭绕，雪花曼舞，欢快歌唱的喜鹊在雪和炊烟中穿越，就像雪地上追逐嬉闹的孩子们因这个童话般的世界充满快乐……如果继续这样想象下去，一定还能触及更多出人意料的惊喜。但我得回去劈柴了。一场雪的到来，总会顺便带来一股更为强烈的冷空气。

我手里是一把新买的斧头，敦实、笨重，却非常锋利。这是我独居以来买的第二把斧头。我不会想到，我竟然能用坏一把斧头。在我的记忆中，我还不曾真正拥有过一把属于自己的斧头，就像我从未拥有过一把真正属于自己的镰刀。我有时候会想，人的一生都应该拥有一件自己的农具或斧头。无论从事什么工作、或过什么样的生活，至少，应该拥有一把斧头。哪怕挂在墙上作为装饰，也会令人感到鼓舞。

  人拥有一把斧头，就意味着人和自然有了联系。由此你可能会亲近荒野，听到从未听过的啄木鸟的歌声，听到鹧鹕富有深情的啼鸣；可能会因此认识陌生而清澈的溪流，并在它潺潺的歌声里从此对水情有独钟。受一条溪水的启发，可能会让你发现生命之光有时候不只在城市和办公室里闪耀，而是无处不有。兴许就在一朵芍药花、一块河卵石、一棵鹿蹄草里，或是一片榆树叶上闪耀着迷人的光亮里。

  人如果忽略了这些，多少有些遗憾。

  拥有一把斧头，人可能就多了生活的动机。你会扛着它去寻找沉默而富有深意的倒木。你可能会在一根木头上，看到精致的年

或许，一把斧头就是开启自然的钥匙。

轮，沿着这些年轮你会找到更多生命的秘籍。你可能会因此激动不已，会沐浴着树荫间散射下来的阳光，回味简朴生活中所沉积的欢乐和知足。你会从鸟鸣里看到音符，你会在风中听到琴声。而所有这些美妙的感受，仅仅来自一把斧头。

约翰·海恩斯在《一个人在阿拉斯加荒野的25年》中说：这个世界可能令我们失望，市场可能崩溃，交通可能停顿。但是只要有一把好的斧头在手，再加上一把枪、一张网、几个捕兽陷阱……生活便将以那种古老、率真的方式持续下去。

或许，一把斧头就是开启自然的钥匙。我们完全不用刻意，只要扛着斧头随意地走走，可能就会打开一道门，看到那里的鸟兽、荒野、河流、山峦、野果、高处翱翔的雄鹰、地上的昆虫，甚至可以感受到迎面扑来的花香的拥抱，或是一只青蛙真诚的问候……我们应该相信，除了工作和赖以生存的环境外，还有更为奇妙和清新的自然世界在欢迎我们去光顾和消遣。那将是最廉价也是最昂贵的享受。试想，当一个人站在壮观雄伟的瀑布前时，还会去嫉妒和抱怨什么呢？

我一截一截地劈着木柴，斧头和木头接触时发出闷闷的声音，但极其悦耳。这声音让午后时光充满了宁静。即便四周十分寂静，但人却不曾感到寂寞。铁与木碰撞所发出的声音，恰到到好处地为这样的寂静增添了一种古典而令人知足的协奏。

此刻，没有人能剥夺我挥动斧头的权力，也没有人能影响我享受这音乐的安慰。当下，无数人正用不同的方式享受着生活，但我一点儿也不羡慕。哪怕此刻有人用权力和金钱来和我交换，我也会拒绝。生命的快乐和意义不在过去,也不在未来,只在当下一刻。

此刻,雪花开始更为密集地飘落下来,天空是一片茫茫的白色。我继续挥舞着斧头,就像在使用一件乐器。虽然我有些笨拙,但还是能感受到作为演奏者的荣耀和自豪。

此时,雪静静飘落,不再凌乱地飞舞,变得更有秩序。我劈下的柴火应该够三五天用了,可是,我并没有就此收工的想法。

一群麻雀挨个站在我的木篱笆上,静静不语,像在欣赏着眼前这场雪。这是我经常能看到的情景。它们已习惯在我的篱笆上晒太阳、歌唱、跳舞,或是打闹调情。这些农家孩子般的小鸟,总是谦卑地接近人类,似乎它们和人类有着一种古老的因缘。它们总是不甚警觉地飞抵我们的院落、街道,享受着人类特殊的关照。有时我会抓一把小米洒在门口的原木上,看它们愉快地啄食,并发出喜悦的叫声。如果有足够长的时间,我相信,它们会更加信任我,或许会飞过来落在我的胳膊上,就像飞进自己的窝巢那样放心和舒坦。

我是多么期待有那样一刻。

在我独居的一年多里,我们早已成了朋友。有时候,它们会在我面前炫技、歌唱,有时又会怀疑我的诚意,不愿离我太近。不管它们怎么想,我始终保持着一份善意。我也总能从篱笆上,看到它们奔奔跳跳如同跳芭蕾舞一般展现出它们优雅的一面。

一天的时光,不知不觉又涂上了暗淡的暮色。我已燃起了炉火,铁锅里的小米粥欢快地沸腾着,蒸腾的水汽里弥漫着谷米淡淡的清香。炉灶里燃烧的正是我今天劈的木柴,我坐在火炉旁,捧着一本书,但目光却长久地停留在噼啪作响的炉火上。无论是呼呼燃烧的火焰，还是木柴发出吱吱的声音抑或忽然跳出的噼啪声，都让人充满欣赏的情感。

尽管我的付出和收效在别人看来是如此不值一提，但我不会为度过这样的一天感到遗憾。我确信我有自己的评判标准，因此我不会轻易被外界的事物改变。人们可能会认为自己的一生应该拥有更多的追求，或是该拥有一辆豪车，一所宽敞的房子，抑或更多的珠宝。

可是，在当下的坡尔德，我只要拥有一把笨重的斧头，几乎就没有什么让人担忧的事情了。

冬夜

几乎每天,我都能看到一出从不重复的落日大戏在天边上演。这已是我生活中不可或缺的内容。

虽然没人要求我这样做,可我觉得这是种很好的习惯,亦是种享受。

每一次日落都是庄严肃穆的,又伴随着无穷变化。

站在荒野上,我和所有树木、花草、河流以及暂时停止歌唱的鸟儿沉浸在这热烈且庄严的气氛中,感受余晖洒下的圣洁。

沐浴着金色或橙色的天光,像是接受神明的指引。这时,我会觉得自己是个幸运的人。无论生活中我曾遭遇过怎样的磨难与艰辛,经历了多少人间的冷嘲热讽,面对落日的辉煌,我的内心又会充满光亮，生活的热情又会重新燃烧。

我还是世界的一部分。不比草木高贵，不比蚂蚁卑微。夕阳映照殿堂，也关照我的河畔小屋。我比常人幸运的是，每天都能在日落的过程中专注地接受它的洗礼。

日落后，黑夜缓缓来临。

大地寂静，像黑夜的摇篮。

我斜躺在炕上看书，游离于古今的世界，感受在黑夜中穿越时空的心悸或悠闲。

草原的冬天是漫长的。它剥夺了本属于秋天掌控的权利。阳历十月初就开始用雪花的重兵和凛冽的寒潮步步紧逼，迫使秋天不得不早早离开这里，让位于严寒的统治。它还将本该早就交给春天的权力贪婪地攥在手里，直到来年四月底，随着积雪慢慢消融，才把草原交给了春天。

我喜欢被这种强权统治的冬天。

长年累月，大地一片洁白。凛冽的风刚正不阿，巡视官一般不会让任何一处积雪提前消融，也不会为一己私利推迟草木发芽的时机。

十一月中旬，屋外的气温已降到零下25摄氏度左右。对于草原的冬天来说，这还算不上真正的严寒。去年冬天，我体验过零下40多度的寒冷，一种彻骨的冷。夜里，月光都在颤抖。往往这个时候，我会迎来几位骑马来串门的牧民。当他们脱下沉重的外套四处堆放时，小屋立刻显得拥挤不堪。

我们的话题大都和草原有关。我们很少会聊文学和艺术之类的话题。他们对我书架上的书并没有多少兴趣，倒是对我为何落足草原有无数的疑问。这可是个浩瀚的话题，他们会表现出浓厚的兴趣。

他们和我交流时，往往能说一口流利的汉语。但当他们彼此为某个话题有说有笑时，却用我听不懂的蒙语。这让我显得像个多余的人，像是我去别人家里做客。不过，我非常佩服他们能够在汉语和蒙语之间游刃有余地切换。不论用蒙语还是汉语，他们从不会让一个话题因为语言的障碍陷入僵局。

常来我这里的几个年轻人，都二十七八岁，身体壮实，长相英俊，性格开朗豁达。和我熟悉了以后，都不拘小节。和他们交谈，我会不自觉地表现出浓厚的兴趣。他们谈论马的血统，称小马驹的父亲是什么血统，不像我们称之为公马；谈到小牛犊时，会称它的妈妈是如何优良，而不称之为母牛。他们的语气少有修辞，却耐人回味。像用古老的手艺酿制出的老酒，醇香、甘洌、余味撩人，不似如今用酒精勾兑的酒水，清淡无味甚至会伤及身体。

他们的到来，让我的夜晚多了许多插曲。

我听到许多以前从未了解的事情，草原人古老的习俗和动人的故事。随着他们的讲述，我仿佛能看到人们祭祀火神的情景，人们面容平静，举止虔诚；他们饮酒前，用无名指蘸着酒水轻弹三次，以示敬天、敬地、敬祖先；吃手把肉的时候，他们手中的刀刃永远要向着自己，意在不能把锐利的东西指向别人……这些生活的细节，隐含着他们原始的生存信仰以及对万物敬重、友爱的善良天性。

文明的步伐在这里显得有些缓慢，不过这种节奏却让人备感舒适。

大部分时候，黑夜，独属于我。

在冬季漫漫的长夜里，我时常坐在火炉边，腿放在原木上，脚心贴着火墙捧一本书，或靠着椅背像热炕头的猫打着瞌睡。

通常，我会记录白天经历的一些事。河床又盖上了一层新的霜雪，连一个鸟的爪印都看不到，就像河流翻过了一页被鸟、狍子、牛羊、獾子们用脚印弄脏弄乱的纸张；我看见风力发电的风扇叶片，快速地旋转着收集风的能量，又把它化作照明用电储存在电瓶里。记录这些新鲜事情，会让人有种不曾虚度时光的欣慰与满足。

这样的地方，我能更清晰地感知到时间流淌的声息。阳光映照着炊烟，鸟儿在雪地上觅食，一切正在开始又在结束。

我们穷尽一生，都在努力让生活变得更美好。可又有多少人能摆脱贪嗔痴的魔咒，少有羁绊地过着自由快乐的生活呢？我们生活在大地上，又总忽略大地的存在。忽略大地上的粮食、水或土壤本身。如今，谁还能像诗人面对土地发出动情的感慨："为什么我的眼里常含泪水，因为我对这片土地爱得深沉。"

　　　　我相信，从来没有人
　　　　像我这样，盯着她看

　　　　她感到羞怯，开出一朵山丹丹
　　　　她被目光爱抚，抽出一片榆树叶

　　　　我还盯着她不放，死死地盯着

像盯着仇人

她终于沉默,不再开花,不再抽叶
良久,渗出一股山泉来

生活中,我们不怕贫穷,怕的是人不能摆脱灵魂的贫瘠。

生活给了人无数的可能性,就像一个圆心延伸出无数条射线。但多数人却只能看到少数几条,就像某个生活在城市天空下的人,却从来没有因凝望星空使内心感到愉悦。

我给炉膛里添了几根柴火,炉火立刻又欢腾起来。呼呼呼的声音,在小屋里回荡着。火焰闪烁着红黄色的亮光,映在橱壁上舞蹈一般跳跃着。我坐回椅子上,双腿还放在原木上,脚心贴着火墙。我感到屋里的温暖棉被一般包裹着我,甚至让我忘了屋外的气温已降到了零下四十多度。

洗澡

有一个多月没有洗澡了。如果不是去七十公里外的镇上取两本网购书,我是不会想起要洗澡的。

在草原上生活,洗澡的事情基本可以忽略。

这里没有汽车尾气,因为没有公路和街道;这里没有灰尘,因为地上全是天然的草坪和上面厚厚的积雪。能称之为污染的东西,估计就是烟囱里偶尔飘出的炊烟。这里几乎天天刮着大风,仿佛风的牧场,不过风也是干净的;这里空气也足够新鲜,如同泉水可以放心饮用。

和这里的牧民一样,我很少洗澡。夏天例外,因为随时可以去辉河里游泳。

要去镇上时，我通常需要开车走十公里的林间路，抵达隐秘在森林边缘的火车站。选择坐火车去镇上，不只因为实惠，虽然我还不至于精打细算到这个地步，但五元钱的火车票比之七十公里所需燃油的费用而言，还是值得考虑。何况，这趟火车，可以把你带入另外一个年代，比如八十年代或更早。火车是地道的绿皮车，车里有燃煤的锅炉，既可烧开水又能供暖气。如果天气不是太冷，可以打开上下推拉的窗户，任由外面新鲜的空气扑面而来。这是从海拉尔到阿尔山的短途列车，因为旅客很少，所以除了车头外，常年挂着两节车厢。

坐在这样的火车上慢吞吞行驶在辽阔的草原上，是一种难得的享受。列车摇晃着，摇篮一般，但却不会让人产生疲惫的睡意。窗外不时出现如同云朵般的羊群，总能吸引人的视线。

用一天的时间去镇上打个来回，不会太紧迫。但想要在宾馆洗个热水澡，就不得不住一晚了。

去年冬天，由于我所在的地方没有网络信号，加之几十厘米厚的积雪让汽车形同摆设。我不得不隔段时间去镇上住一宿，在电脑上处理一些邮件，顺便冲个澡买点生活用品。

如果积雪太厚，去火车站的这段路程，我就不得不求助邻居孟根帮忙，让他开拖拉机送站，或骑马来接站。零下四十多度的气温下，骑马穿行在白雪茫茫的世界里，感觉自己犹如精灵。孟根也许并不会这么想，他肯定觉得又冷又累。

今年，在大雪封路前最后去一趟镇上，也避免给别人增添太多麻烦。

我把车停放在车站外的草地上,像把一匹马放归于草原。我常看到乘车出行的牧民把摩托车放在这里,或把马拴在车站外的松树上。小小的火车站,犹如一块界碑。几十公里之外就是文明世界,而这里却完全是古旧原始的荒蛮世界。这种微妙,让人觉得新奇,又心存莫名的欣慰。

一个多小时后,我来到相对繁华的伊敏镇。

小镇不大,一条街道不足二三里,却车水马龙,店铺林立,到处洋溢着城市独有的生活气息。

我选择了一家以往常住的酒店。五层楼,有电梯。当下,正处于草原旅游淡季,房价只有一百元,我觉得自己沾了大光。标准间的房间又大又干净,洗澡的热水更让人有如沐春风的快意。

这里的落日显得有些匆忙,不到五点天已经完全黑透了,小镇街头上的路灯已亮了起来。马路对面,粉色和红色交替闪烁的KTV字母可以证明,这里是有别于草地的一处弥漫着现代文明的小镇。

天黑之前,在一个卖草原特产的小店里取了快递,我基本办妥了所有的事。这是我在小镇上去的最多的地方。店主是个热情的人。当我希望能在这里代收快递时,她爽快地答应了。这是我在小镇上额外收获的一份温暖。

洗完澡,我从外面买了散酒、泡面和三块钱的豆皮。我不是吝啬到连吃顿饭都舍不得花销,只是不愿在这些事情上花费心思。没有什么食物会让我产生迫切的欲望和冲动。吃饭对我来说只是个必要的过程,就像虔诚的教民每天要祈祷。我更愿意待在酒店的房间里,慢慢享受这一夜的奢华。

轻轻翻着一本书，像在田野上散步。这是我网购英国著名作家乔治·吉辛的《四季随笔》。书中的文字像烛光一样，给人光明；有时又像一场秋雨，淋着人无助的悲伤。书中的主人翁亨利·瑞克罗夫特是个不幸的人，但还是获得了上天的偏爱，让他在饱受生活的凄苦和贫穷后，终于有了一所他毕生都希望拥有的自己的房屋。虽然他只在乡间小屋里享受了几年的幸福时光，但他觉得自己已经是个幸运的人。也是在这间小屋里，他找到了自由的感觉。

他说：一个多星期以来，我没碰一下笔。整整七天，我连一个字都没写。除非是生病，这样的事在我的生活中从未发生过。一直以来，我的生活都靠辛苦写作来撑持，充满焦虑。我的生活不像大多数人应该做的那样——为活着而活着。而是活在恐惧的驱使下……多少次，我拿起笔来，对必须做的事充满厌恶，头脑和心灵沉甸甸的，手臂颤抖，眼睛像病了一样昏眩缭乱！我曾多么害怕我不得不用墨水去涂抹的白纸！曾有过这样的时候——那好像比童年还遥远。我迫不及待地拿起笔来，我的手臂因为希望而颤抖。但这个希望愚弄了我，因为我从没写过一页值得来到世上的文字。

他一生大部分的时间，都在以写作挣扎着生存，被贫穷及其他不利于脑力工作的环境所困扰和折磨。能拥有一间自己的小屋，几乎是他前半生奢华的梦想。他一直过着居无定所的生活，没有钱买书、没有坐过公共交通，更没有钱去旅行。他用迎合读者胃口的写作艰难度日。当他的健康状况开始走下坡路，精力显得不足的当口，罕见的好运降临到他的身上，他突然从无休无止的劳作中解放出来，进入一段他做梦都不敢想的心灵和环境都平静稳定的时期。

让这个身心疲惫、靠写作谋生的人震惊无比的是，一位在他看来是个熟人而不算是朋友的人死后，遗赠给他每年三百英镑的终生养老金。至此，他才过上了真正安稳的生活，并开始了真正属于自己的写作。《四季随笔》就是他在乡下生活中类似日记的记录片段。但这些零碎的文字，却犹如一座佛光四射的大山，一直闪耀着智慧和圣洁的光芒。

他坐在自己的小屋里，平静地享受着这个世界之于他的美好：我的房间安静得多么雅致！我一直无所事事地坐着，凝望着天空，观赏着金色阳光在地毯上投下的色斑，它的形状每一分钟都在发生变化，我的眼睛追随着它，从一幅装饰画到另一幅装饰画，又游移到我心爱的一排一排的书籍上。整个房子里没有一丝动静。我能听到花园里传来鸟儿的歌吟，还能听到它们翅膀的扑打声。如此这般，只要我高兴，就可以整天坐着，直坐到夜色那深沉的寂静把我吞没于其中。他不时感慨地想着：只有在这种生活里，我具有的个性和品格才能保全。半个多世纪的经历告诉我，地球上大部分错误和愚蠢都归因于人们不能保持灵魂的平静；反之，大多数好的东西都来自宁静生活中的思索。一天一天，世界变得更喧闹；我是不会为增加这种噪声而做出任何贡献的，只有在沉默中，我才能为所有人带来福利。如果能让五分之一的人像我这样生活，那么，国家的财政支出将会花得多么有价值啊！

当上帝之手终于把这个处于生活贫困深渊的人拉到阳光下时，他仿佛才终于成了那个希望的自己。

他在小雨霏霏的午后散步、思索，感受着空气的清新和花草的芬芳。虽然他终生希望的平静生活的日子来得有些缓慢,但他还是深感欣慰。作为回报,他把上天赐予他的智慧、经验以及像金子一样珍贵的感受和思索,用文字呈现给世人,让喜欢它的人从中受益,并得到安宁的感觉。

一百多年过去了,他的作品依然熠熠生辉。从某种意义上说,他已经超越了死亡,他将得到永恒的安详。

他曾说:我还可能活很多年,然而,如果明天就是生命的终结,我也不抱怨。如果我的生活不舒适自在,可能死的时候很不甘心;如果我始终没有找到生活的意义,那么,死亡将显得突然而空虚。而现在,我的生活画了一个圆,它始于无忧无虑的童年,将在理性而平静的成熟时期结束。有多少次,我经过长时间的辛苦写作之后,把笔放在一边,长叹一声,心中怀着感激之情,为作品画上句号。作品充满了缺陷,但我在环境、时间和能力的允许下,真诚地尽了最大的努力。我将这样活到生命的最后一小时。我愿意把我的一生看作是一部长篇作品终于完成了——就是说一部自传。虽然有很多缺点,但我已尽力把它写到最好。在最后的时刻到来的时候,当我说出最后一个词"结束"了的时候,我将没有遗憾,只有满足,迎接那永恒的休息。

看着这样的文字,我被深深地感动。

此刻,已是午夜,夜色深邃平静。我轻轻地合上书,心里充满了平和。生活其实处处都充满芬芳,我多么希望,人人都能于喧嚣之外看到和感受到那生活的花圃。

人安于生活,首先应该安于自己的内心。只有内心充满阳光和雨露，你才能真正感受到阳光带给人的温暖，体验到雨露带来的清新和惊喜。生活，不只是一个创造的过程，更需要一颗心去感知和发现。其实，多数时候，那些细微的闪烁着光亮并能带给人快乐的事物，总是被我们忽略。而那些正是平凡中最珍贵的。

　　此刻，我正被一种幸福包裹着，花洒的热水淋在身上，犹若炽热的阳光洒在身上。

　　用不了几天，坡尔德将会被大雪覆盖。这意味着，漫长的冬天正在拉开序幕。期间，虽然生活中会出现许多不便，比如外出、购物，甚至洗澡……但又想想，在这样的地方，又有什么是必要的呢？除了人赖以生存的水、空气和粮食，人的所需其实很少。

年末

2018年接近尾声，草原还没有被积雪覆盖。

听牧民讲，在以往三十年，大雪很少来得这么迟。去年十一月初，接连几场大雪早把草原覆盖了。

时下，天空湛蓝，白云飘动。不远处，河边的毛柳经阳光照耀，呈金黄色，没一点萧条的迹象。门前一丛山丁子树上挂满了风干的野果，远处看，呈淡淡的浅红色，像冬野上晕开的胭脂。地上落着一层薄雪，却不能完全把枯干的草地覆盖。白雪和枯草交织在一起，斑驳疏密，充满画意。期间，不时有喜鹊和麻雀跃入画框，像画家随手点入几笔水墨，画幅立刻活泛起来。

我坐在窗前，望着外面的世界，心无所思。

炉火呼呼地燃烧着，发出有力的声音，没多时壶中的水沸腾了，发出滋滋的欢鸣，宛如水与火的协奏曲。

窗前的书桌上，铺满金色的阳光。

我抽着烟，缭绕的烟雾与阳光交织在一起，漂浮变幻，如若跳双人舞。烟雾快要散去时，我又吸一口吹出去，立刻，新的一幕又在眼前上演。烟雾在空中旋转着、升腾着，聚集又散开，飘忽不定，恍若人生，起起落落，磕磕绊绊，充满了舞动的自由和暗自的清欢。

一年多的独居生活，也如这缭绕的烟雾，过去和未来都将随风飘散。只有这缭绕回旋的过程，才是真实而可靠的。

独居生活没有任何殊荣可言，但我感觉已收获了很多。我相信，随着时间的推移，这些收获会慢慢发出光芒。

在这偏僻狂野的地方，我总能遇到从未见过的新奇景象。我遇到过真正的花海，并在与之熟悉的过程中能慢慢叫出一些花的名字，比如：金莲花、老鹳草、芍药、野罂粟、鸢尾、棋盘花、有斑百合、顶冰花、美花风毛菊以及白头翁等。我没有想做生物学专家的野心，但我常常会因认识并能叫出一些花草的名字而感到高兴。这是发自内心自觉的喜悦，没有任何俗世作为铺垫。这样的快乐，往往都来自干净的野外——不论在城市还是乡下，这种快乐都是稀有之物。

有一次，我在泡子里看到几对成双的鸿雁漂在水上，它们好像并没有游动，只静静地停在水上随波起伏。我想象它们此刻肯定没有任何捕食或别的念头，只是在享受暖融融的时光。有时，我还会遇到一身白裙子、头戴黑礼帽的欧嘴噪鸥和头顶翡翠的绿头鸭……它们都是这个世界上可爱的生灵，有着比人类更自由的生活，只是我们少有了解。

来草原，我第一次和森林有了亲密的交往。

在这片以樟子松统领的森林中，我遇到过机灵可爱的松鼠，惊扰过一群安于早餐的狍子，也遇见过幽灵般消失在林中的狐狸。有一次，还遇到两只健壮的浅黄色皮毛的草原狼……多么新奇。

有人可能一生都不会遇到它们，也不会从它们的奔跑中感受到那种矫健的野性美。就像有人无法感受采摘野草莓时那种内心萌动的快乐。

这些野性的事物，对我来说，永远是诱惑。

新鲜的空气、鹿蹄草上摇曳的露珠、森林中的交响乐，甚至松鼠的问候、林间花草的芬芳……这些，比有价的物质对我更具吸引力。走在这样的森林里，哪怕我的穿着没有一件名牌，甚至全是便宜的地摊货，但又有什么关系呢？那些机灵的松鼠可不会因为我的穿着停止表演，芍药花也不会因此拒绝绽放……

自然世界，对所有生命都是公平的。无论你是万物之灵的人类，还是小小的昆虫，如果相遇在森林中，都将受它到庇护，同样被风吹拂，也给樟子松同样的芳香。

草原相对城市，虽是两个不同的世界，但依然有它们共同拥有的事物。只是因为环境的差异，我们会对同样的事物产生不一样的感受和认识。譬如，草原上的落日、纷飞的大雪和淅淅沥沥的秋雨……它们也会出现在城市，但城市的纷繁往往会削弱了它们的存在，甚至阳光下的人们会忽略阳光的存在。

清静的生活，有助于人们从这些事物中获得安宁。一个人独居的好处还在于能让视线和思想变得更为纯粹和专注，更有利于把内心芜杂的事物进行舍弃，以此顺应简朴的习惯，过寡欲的生活。

这该是人应有的本性吧？

人是最经不起诱惑的动物。人类比其他动物多了思维和意识。因此，人类比其他生命有了更多的恐惧、愤怒、憎恨、傲慢、嫉妒、贪欲、嗔怒和忧患，多数人一般无法脱离这些羁绊和操纵。就像生活的负重，让很多人无力抬头去仰望星空，并从中得到启发和想象……人们深受愚弄，从早到晚都为积累财富、名利不辞劳苦地奔波。可上天并不会同情这样的人。追求美好的生活是人与生俱来的天性，可一旦误入贪婪的困境，美好有时就变成了痛苦的深渊。

独居荒野，可以避免我随波逐流。

简单的生活，能让人恢复被社会或生活麻痹的自然嗅觉和敏锐。

人，一旦摆脱贪欲的束缚，也就获得了救赎。

《佛陀传》中讲过这样一个故事：一天早上，鹿子母夫人前来造访。当佛陀看到她全身衣发湿透，便问她："鹿子母，你曾到哪里去？为何衣履尽湿？"

鹿子母夫人哭着诉说："世尊，我的孙儿刚死去。我想前来见你，但忘了带雨伞。"

"鹿子母，你的孙儿多大？他因何而死？"

"世尊，他只有三岁，是死于伤寒病。"

"可怜的小孩。鹿子母，你有多少个孩子及孙儿？"

"世尊,我有十六个孩子,九个已经结了婚。我有九个孙儿,现在只剩下七个了。"

"鹿子母,你是否很喜欢你的孙儿?"

"当然了,世尊,越多越好。如果它们如舍卫城的人那么多,我便不知会多么快乐了。"

"鹿子母,你知道舍卫城里每天有多少人死去吗?"

"世尊,有时会有九至十个的,但每天最少都会有一个。在舍卫城,没有一天是没人死去的。"

"鹿子母,如果你的孙儿数目如舍卫城的人那么多,你的头发和衣服岂不是天天都湿透?"

鹿子母合起掌来:"我明白了!我真的不应该想要有像舍卫城人口那么多的孙儿。一个人越是多牵挂,便越是痛苦。你时常都这样教导我,但不知怎的,我总是忘记。"

佛陀轻轻微笑……

美国作家约翰·缪尔在他的日记里曾经写道:每天沐浴在这样的美景下,观看群山变幻无穷的表情,欣赏低地人永远梦想不到的闪烁星斗,体味四季的轮回变换,倾听水、风和鸟儿的歌声,那陶然之乐是无涯无际的。还有,我看到的是何等壮观的云景啊,不管是暴风雨来临之际还是平静安谧之时,每天都是一片新天、一片新地,这云中有过往的"居住者",也有新来的"居民"。我会有那么多的山中游客。我肯定,连感到枯燥无聊的一刹那我永远都不会有。

从这些景象中我看到了自己的影子。就好像在树林里遇到一个好友，并在交谈中找到了彼此喜欢的话题。

2018年就要成为过去，那就轻松地翻过这一页。

生活的每天都是新的，无论在喧闹的城市还是僻静的乡下，都值得我们用心去创造新的生机。

独居一年

今天，是我草原生活满一年的日子。

回头看，时间就像打了润滑剂，每天的生活都在不知不觉中被日出照亮，继而又归于繁星闪烁的寂静。

跟随草原的风，我目睹了这里四季一步步的华丽转身。花开花落，风来雨去，雾散霜降，草荣叶枯。我时常会沉浸在这些自然神奇的变幻中，为河边一棵槭树修长又挺拔的身影投去欣赏的目光；在大雁迁徙的天空之路上，让目光久久地跟随，就像和熟悉的人告别，有种欲言又止的忧伤，又有一种对未来重逢的美好期盼；我常会独坐在辉河边的树荫下，听幽静的水流音乐般萦绕在耳边，给心灵以安慰。大自然就像一所天然的疗养院，在这里，没有什么治愈不了的疾病，也没有什么不可消除的心灵顽疾。

爱默生说："自然是精神的象征。"这位被誉为"美国文学之源头"的人，一生都在和自然友好相处，他在森林和溪谷里聆听自然的天籁，在星空和朝霞里探寻人与自然相互依存的亲密关系。他在"论自然"中写道：在丛林中有永驻的青春……在丛林中，我们重新找到了理智与信仰。他教导人们捕捉弥漫于空气之中、生长在谷物内、蕴藏在水源里的道德情感，并从海边的岩石那里学会坚韧不拔的精神，从蔚蓝的天空中获得心境平和的诀窍。他指出，每一种自然事实都是精神的象征。自然界的每一种景观，都与人的某种心境相呼应，而那种心境只能用相应的自然景观做图解。发怒的人是狮子，狡猾的人是狐狸，坚定的人是岩石，博学的人是火炬……

在许多时候，我能感受到那种精神的欢乐正来自一声鸟儿的啼鸣，或者来自一朵芍药花的芬芳；来自星空的闪耀，或者来自晚风的清唱、来自雨雪飘扬……

在这一年的独居生活中，大部分时间里，我的视野内有花草在静静地枯荣轮回，有喜鹊在门前的树梢上歌唱、演说，倾吐着羞赧的爱慕；也常有低空的云，被风撕开，像棉花糖一样飘散在蔚蓝的天空中，洁净、曼妙，让人充满幻想。

这里，算得上是一处草原上的荒野。寂静、偏僻，周边茂盛着野生的山丁子树、稠李子树、榆树、山楂树，还有密布在河边纵横交错的灌木等。走在这样的地方，可以放任思想在草丛中小憩，在河流上波动……这些都是令人愉悦的事。你会在花草的芬芳里，忘却被群居生活和重复工作囚禁的烦恼，让生命更靠近自然的声息，

回头看，时间就像打了润滑剂，每天的生活都在不知不觉中被日出照亮，继而又归于繁星闪烁的寂静。

给精神更多的滋养。草原给了我暂时的自由。这自由又因缀满白色花朵的山丁子树平添了许多芬芳，因洁白的云让内心变得清净无尘。

往往，空旷的四野总能让我的内心得到最大限度的开阔，让被生活束缚的痛苦得以释放，让积聚的狭隘意识得以自由。你会在这自然世界里，不断开拓内心的疆域，直到有足够的地方来容纳生活的快乐。

这些都是自然的馈赠，给精神世界饱满的滋养。这是俗世的物质利益没有的功效。即便有，也十分有限。

这也许是许多人向往的生活，但我从来不会怂恿别人去选择怎样生活。因每个人的处境不同，条件不同，所追求的幸福感受不同。我选择暂时独居草原，只是想在一段经历中，寻找我一直渴望与自然世界相处的感受，这是我在城市生活中无法经历和体验的。我从未把自己的这种生活升华为隐遁或修行，我只是让自己从喧嚣的环境中走出来，走向偏僻和安宁的地方，以期在这里找到灵魂中那个期望安静的自己。

我希望，生活的每一天都是新的尝试和创造。因为生活的本质就是不断去创造新的自己，新的体验，以及新的欢乐与新的知觉。

有一天，我忽然意识到，我一直在重复着几乎一成不变的生活，而且几近麻木，就像钟楼上的秒针般做着机械性的重复。这让我疲惫不堪，又不得不去应付，直到把自己完全淹没在社会的表象中，在房子、车子、利益和关系所营造的气氛里沦为表象的牺牲品，在精神方面却如贫穷的乞丐。

整个城市看起来就像一个巨大的蚂蚁窝，所有人几乎都在为囤积财富匆匆奔忙于单位、银行、商场以及闹哄哄的街头。人们几乎忘了城市之外还有广阔的草原、巍峨的高山、宁静的湖泊以及茂盛的森林这些蕴藏着大自然真正财富的人间。忘记了从中去寻找这些财富中隐秘的宁静与恬美，以及能让人们身心得以健康和快乐的源泉。

我们总是误认为自己走在一条通往幸福的光明大道上，却少有时间去思考、去辨别、去和自我进行真正的沟通，以明白自己其实正深陷在充满危机的沼泽里，在精神的世界里垂死挣扎。我们看不清那个真正的自我，几乎失去对道德的信仰，从而混迹于淘金的队伍中，让人性光辉日渐黯淡，甚至失去了真正的自由。我们像大自然的弃儿，无法和原始的荒野、湖泊与冰川交流，让心灵获得慰藉。我们被各种人造的光环囚禁在水泥和钢筋打造的牢笼里，而我们还以为那里就是天堂。

我无意去做引领者，我只是在以往的生活中看到另一个自己向我投来求助的目光。于是，我做出了这样的选择，以便在新的环境里，让那个被"病痛"折磨的自己得到自然的医治并最终康复。

如今看，生活并没有辜负我预期的愿望。

我总能在大自然开出的药方里找到相应的"药材"。

阅读可以治疗孤独；炊烟可以激发我对故乡的回忆；河流可以治愈胆怯并带动我远行的意志；灰鹤温柔的咕鸣总能唤起我对亲情和爱情的回味与珍惜。每次认识一种花或一棵草，都是对无知的一种调理和补充，并促动血液在循环中产生微妙的成就感。

每当独自漫步在这广阔宁静的天地间时，我很少感到孤独。我的小屋居于一片绿色的海洋中，就像一叶小舟，载着我简单的一日三餐，也载着我生命的重中之重。虽然我只是暂住在牧民的一块草地上，但我却从不缺乏对那种辽阔的拥有感，也从不会因借住这片草地而忽略那些绽放的鸢尾花、糖芥、蒲公英、委陵菜、白头翁、鸦葱、针叶黄花和野罂粟带来的惊喜与快乐。我更为拥有这份和牧民们的深厚情谊而感到欣慰，是他们的友善和热情，让我暂时拥有了如此奢华的家园。

时间会告诉我，我曾来过这个世界，这个世界曾经被我拥有。

独居两年

寂静的春天

时令已过谷雨,坡尔德的积雪依然固守在草原一些角落里不肯消融。

风中明显有了暖意,河畔柳梢上已有绒绒的芽头露出了鹅黄色,但坡尔德的春天依然没有真正苏醒。

清晨,我去散步,我想找找,坡尔德把草原春天应有的事物到底藏在了哪里。

这几天,气温逐渐回升。昨天最高气温虽然还在零度以下,但此刻,热情的阳光还是给人温暖和希望。山丁子树上的小鸟不停地鸣唱着。从它们欢快的歌声里能听出一丝平时少有的激情。难道它们对春天将要发生的一些事情有所预料?大自然赋予鸟类对季节的反应似乎远超于人类,当我们对大地的异常还毫无反应时,或许它们早已得到了某种信息。

　　眼前,四野寂静,但我隐约觉得身边有些生命正在复苏。潮湿松软的泥土向我透露了这一消息。我仔细寻找,在一片枯黄的绒草里发现牛筋草和委陵菜正在吐露新芽。

　　牛筋草,又叫蟋蟀草,这名字让人亲切。这些看似柔弱的生命,像坡尔德迟到的春天里的探索者。它最先将一丝青绿从枯黄的绒草中露出来,展现着生机。虽有些突兀,却令人惊喜。它们穿越重重冻土的屏障和寒风的要挟,硬是最先将一面浅绿的旗帜插在了坡尔德的大地上。在另一个地方,我又惊喜地看到委陵菜在枯萎的草丛间静静地晒着太阳。它的叶脉有些像蒿草的形状,左右两边呈

在迎面吹来的风中,嗅到春天的气息。

锯齿形，均匀而略显对称。大概人们对它喜爱有加，所以给它起了很多有趣的别名：天青地白、根头菜、翻白草、蛤蟆草、野鸡膀子等。

作为草原植物复苏的先行者，它们当该受到礼赞。

我继续向辉河边漫步。脚下的白毛草，密集柔软。这天然的地毯，让人每次落脚都像得到了很好的待遇。草自然是枯草，金黄色或浅黄色，像秋天留给草原一封发黄的情书。在这里漫步，感觉像在阅读一本有关大自然的书籍。阳光、风以及耳边的鸟啼因此被赋予特殊意义。

眼下，辉河已经完全解冻了。水面上荡漾着的斑驳的春光。两岸多是茂密低矮的柳树丛，也夹杂一些山丁子树、桤树以及纵横交错的灌木。仔细看，枝条上大都出现了新的生机。

坐在河边的杂草上，听流水，想来是惬意的享受。但事实上，几乎听不到流水声。若不是眼前明摆着一河丰盈的绿水，几乎会忽略了这里是有一条河流的。

这是我见过最安静的河流。

许多水生生命，如鲫鱼、滑子、鲇鱼、老头鱼以及更多微小生命就在这条河流中生息。这里也是众多水禽鸟类的乐园。我见过鸿雁在这里静静地漫游，白头雁藏在芦苇里捉迷藏一样游来游去，成群的野鸭拖儿带女的情景给这里增添了温馨的气氛。我还亲眼看见一只喜鹊在河水中洗澡。它扑闪着翅膀，时而从水面跃起，时而一头扎下来，扑腾着洗它的脚，洗它的喙，洗它的腹部，洗它的羽翼。那情景甚至有些滑稽，让人忍俊不禁。仿佛它不经常洗澡，动作有些笨拙。反复多次以后，它似乎终于满意了，哼着歌轻快地飞向一棵山丁子树。我猜它肯定是为了讨异性的喜欢，才那么费力地梳洗打扮了一番。

时下，两岸的树丛里，到处洋溢着小鸟欢快的歌声。我不能确定歌声究竟是出自哪些歌手们的动情演唱，但却不会妨碍那些咕咕、唧唧、啾啾的歌声以及类似长号的发音带给我心灵的愉悦。

沉浸在歌声里，我沿着河流慢慢穿梭在灌木丛中，继续寻找那些春天的迹象。

忽然，平静的水面上响起一阵剧烈的水花飞溅的声音，在距离我五六步远的地方，两只大雁拍打着翅膀，托着笨拙肥大的身体惊叫着从水面上掠起，快速地飞去。

在迎面吹来的风中，我嗅到了春天的气息。

草原四月

四月的草原,最低气温和最高气温基本保持在零下一两度和零上十度左右。不得不说,这是一个令人感到疲惫的时节,甚至会让人觉得沮丧。

这个季节,草原看上去一片枯黄并透着浅灰色。天地之间,唯有这单调的色彩在漫延。寂寥、萧条,几乎没有什么生机。因此,当春天几乎已经过去三分之二的时候,我还时常一个人面对苍茫的天地,怅然若失地在等待什么。

我想,自己是在等待一片青绿吧!

我想看到一丝新绿的愿望,似乎比以往任何时候都要强烈。这是一种隐藏的、私密的、诱人的、没有标价的、没有预期的愿望。

它寂静如泥土下蔓延的树根，执拗且充满力量；它高贵如一盏亮在灵魂深处的灯盏，让内心不再黑暗和荒芜。

4月15日，坡尔德迎来了一场大雪。雪下得苍苍茫茫，不到几个时辰，大地一片洁白，堆积了有近十厘米厚。

无论如何，这是一场意外的惊喜，令人措手不及。

这场雪刚刚消融后的第三天，一场小雨款款而来。这是一场来自午后的小雨，雨点扑簌簌地斜飘着飞落下来，大地上的事物仿佛都在迎合它，并以不同形式表达着对雨水的欢喜之情。

大片枯黄的绒草，在雨中渐渐变得柔和了许多，原本苍白枯黄的颜色，变得更嫩黄柔润了。原本平静的河面，此刻也沸腾了。河水成了舞台，雨点成了舞者。这是河水与雨水的相遇和邂逅，是一场激情的表达，是释放，是团圆，是大自然有意而善意的撮合，大地一片吉祥。

雨大到人不能外出的时候，我搬了一把凳子，坐在门口听雨、看雨。

雨声是一种奇怪的音乐，直抵人的内心。扑簌簌的雨滴，击起俗世的尘灰，湿润了往事、湿润了岁月，也湿润了沉积在生活中的许多幽怨和哀伤。雨声清晰、萦绕在人的内心，让往事回暖如五月的初夏，让纵横的岁月坦直如一条简单的直线，让幽怨随着余音消失，让哀伤的枝头上绽放出朴素如牵牛花般的童真。

我在雨声里莫名地感到知足，甚至忽然愿意去原谅一些人，或想起一些人。

这奇妙的音乐，让人不能拒绝。大概每个人的心里都住着一阵雨声。无需多言，一个人能安守着一场雨，并作为聆听者是何等的享受啊！

眼前的景物，也都令人惊艳。

细雨中，是一个湿漉漉的世界，一个清新的世界。

我长时间坐在雨的对面，内心平静安然，如一个闲人，不怕浪费了整整一下午的时光。

哪怕有人会质疑我这样的生活，过于懒惰、消极或不思上进，我也并不想去解释，我会继续在类似这样的雨天，什么也不做，只在听觉里让雨声萦绕，在视觉里，看景色变幻。我不担心浪费了这点时间，会错失什么时机。

生活很容易让一个人成为物质世界里他想成为的人，但相对能

细雨中，是一个湿漉漉的世界，一个清新的世界。

在生活中真正拥有自由和安静的内心却似乎不是一件容易的事。

一场春雪让大地上的事物萌动了一下，而接着的一场小雨，让自然魔术师手中的秘密渐渐公之于众。

我先是在小雨过后的第二天，发现草丛里有纤细的牛筋草率先从泥土中冒了出来。那只是比头发丝粗不了多少的一丝新绿，但却那样显眼和突兀。简直就是一种突兀的惊喜。

如果我的观察不出什么遗漏的话，牛筋草，一定是草原上最先苏醒的生命。它像大自然的使者，在它的召唤下，紧接着，委陵菜发芽了，蒿草发芽了……这些紧贴着地面的浅绿，看起来有些柔弱，但没过几天，你便会发现整个草原都已经覆盖上了一层新鲜的绿。而这面积广阔的庞大的绿色，正是这几种矮小的草的集体呈现。这一层浅浅的惊喜，是大自然赋予坡尔德的惊喜，是无数牧民眼睛里的惊喜，是羊的惊喜、也是牛群和马群的惊喜。

4月24日上午，一个更大的惊喜令我几乎不敢相信。就在许多草木还未曾发芽的时候，我发现，在一片枯草之间，竟然有一朵黄色的小花展露着羞怯的微笑。

这朵小花，酸枣般大小，五片花瓣呈五角星图案在风中的枯草间轻轻抖动。它身着薄如蝶衣的金色花瓣，谨慎地呵护着那簇细小而柔软的花蕊，显得那样强大又温和。在这片广阔如荒野的大地上，遇见这样一个小小的生命，会让人觉得恍若是得到了上天的馈赠和厚爱。就像你在干旱的沙漠中遇到了泉水，在黑夜中遇到了灯盏，心随之温润，也随之明亮。

后来知道，它叫顶冰花。这是一个令人疼爱和喜欢的名字。看着眼前冒着严寒、顶着冰霜从容绽放的小黄花，我仿佛对这个迟缓的春天忽然有了信心。

4月28日，我发现门前的委陵菜也开花了。这小小的花朵，和顶冰花有着一样干净纯粹的金黄色。只是花瓣的一头呈现出更为圆润的半圆形。委陵菜的花朵，虽然也小如豌豆，但却精致得像那些贵妇们佩戴的耳钉一样。如果说女子们因为这精美的配饰多了几份高雅的话，那么，委陵菜的花朵，就是它献给草原的配饰，像漂亮的耳钉，更像是说给草原的悄悄话。

说一句，开一朵花儿。又说一句，再开一朵花儿……

坡尔德的四月，终于开始萌动了。辉河平缓幽静的水面上，不时有水鸟扑打着翅膀和溅起的水花合奏着野性的自然曲。天空的深蓝，也在向更高的空间退守，使得天空更加的空阔、单一，但密集而洁白的云朵却向着大地越来越近，就连低飞的喜鹊，仿佛都能一跃钻进云朵里去。四月的风，依然刮得不休不累，整天摇旗呐喊的，仿佛要刮出一片草原的生机来。似乎又是在质疑这个世界对它能力的怀疑，所以，风不分昼夜地大声宣告着，向着森林与夜空，向着被它吹斜了的行进中鹰的身体，向着还一直沉默的大地……不停地宣告、呐喊，以证明它具有让人不可怀疑的力量。

事实上，风真是强大的。不容置疑，就像风能唤醒生命，也可以摧毁生命一样。

昨天黄昏，在一片落日的余晖里，我发现几朵紫蓝色的白头翁正沐浴着晚霞，开得热烈而奔放。这是继顶冰花和委陵菜之后我发现的第三种正在悄悄地绽放的花。

白头翁，单层七片花瓣，整个花冠有草莓那么大小。花瓣的背面，覆有一层极其纤细的白色绒毛。若触及，手感光滑柔顺，仿佛是在触摸着小猫的皮毛。

白头翁，别名又称大将军草、大碗花、头痛棵、毛姑朵花、羊胡子花、老冠花、胡王使者等。看来，诸多的别称，大概都和它有一些绒绒的白毛有关系吧！

相传，白头翁的名字是唐代大诗人杜甫所起。杜甫困守京华之际，生活异常艰辛，根本无钱求医问药。一位白发老翁刚好路过他家门前，见此情景，采摘了一把长着白色柔毛的野草，将其煎汤让杜甫服下。杜甫服完之后，病痛慢慢消除，于是赋诗："自怜白头无人问，怜人乃为白头翁。"杜甫就此给这野草取名白头翁。

大概杜甫因此怀着感恩之心为这野草起了这样一个温情、慈悲的名字，"白头翁"也表达出杜甫对那位白头老翁的感激之情。

杂草

确切地说,这里是没有杂草的。

草原,就是草的家园。无论是被冠以名字和属科的花草,还是没有被列入学科类的野草,草原对它们都一视同仁,毫无偏见。

在牧民眼里,它们被统称为牧草,所有这里的花草只有一个姓氏。

我能叫出名的花草不过十几种。因此,走在这个庞大的花草王国里,有时我会因学识浅薄感到沮丧。

在这里,没有什么草会觉得自己不合时宜地长错了地方。似乎这片土地本来就是自然赋予这些野草的领地,可以尽情地发芽、生长、开花、结籽。不像有些地方的野草,会因为入侵了一片庄稼地而遭到驱逐，被锄头斩尽杀绝，或被除草剂引诱毒害。

这里是草的伊甸园。

所有的植物，都可以以草的名义受到土壤和雨露的款待。

我对植物研究甚少，但草原上这些纷繁的生命，还是让我充满了想去了解它们的浓厚兴趣。或许，你会在草地上发现一棵五百年前的蒲公英，依然以古老的物种在这里迎风招展；也可能会意外发现因进化而变异的银莲花正酣畅绽放。在这里，你不会有物种因环境和土质改变面临濒危的担忧，你只会在这块远离杀虫剂和除草剂的原始土壤上，发现更多令人惊艳的生命在这里生生不息。

我去草地上漫步，每次面对难以计数的花草绽放的迷人景象，内心也会出现一片空旷的天地。没有山峰的阻挡，没有街头的喧嚣。寂静的时光里，风吹拂着宁静的大地，吹拂着茵茵的绿草和星星般稠密的花朵。布谷鸟站在枝头唱着深情的老歌，麻雀们却叽叽喳喳地在那里评头论足，似乎对布谷鸟的歌声充满了成见，但大自然是和谐的……那些时候，人意识不到时光在流逝，生命都在寂静中悄悄地成长，变老，或者死去。这是一种不曾被人在意的过程和变化。一切都自然而然，没有痛苦、没有恐惧。这样的地方，人很容易忘掉人的身份。有时觉得自己就是一棵牛筋草，有时会把自己当作一朵石竹花。慢慢活得有了野性，似乎也恢复了对野生世界的敏悟，轻易就能从这草木世界里捕捉到原始的灵感。

据我所知，这片草地上不只是生长着一些普通的杂草，这些杂草中也混迹着一些名贵的中草药。诸如芍药、防风、柴胡、生地黄、紫草等。但我发现，牧民们很少去挖草药，他们爱惜草原犹如爱惜自己的眼睛。他们可不会为了眼前的利益，给未来的草原留下不可治愈的伤疤。他们珍爱每一棵草。草就是他们憧憬美好生活的资本，是他们生命的一部分。这是千百年来他们和草原形成的一种稳固而传统的关系。简单淳朴，却蕴藏着人与自然如何相依相存的法则。

　　有时我的内心也会到受一粒种子或者一棵杂草的鼓励。会对生活的这片土壤，不论是肥沃还是贫瘠，都抱着乐观的心态。有时人只有在孤独中，才能体会和领略到土地给予你的恩泽。有多少人貌似被这个世界暂时冷落，如长在错误地方的植物一样，被称为杂草。但是，他属于生命这一事实是无法更改的。他独自发芽、开

这里是草的伊甸园。所有的植物，都可以以草的名义受到土壤和雨露的款待。

花、枯萎，虽然没有引起太多人的关注，也没有以一粒麦子的荣光走进粮食的殿堂。但他活过了这一生。虽然像杂草一样，但他一定盛开过属于自己的生命之花。

时间是位能工巧匠，既能毁灭一切，也能将一切打磨成旷世瑰宝。一棵杂草，也许在不久的将来，会成为一种高贵的植物，被标上文明的标签，广泛地被人类所利用和赞美。但在这之前，它或许要忍受人类因为自身利益而强加于它的坏名声，遭受一次次的驱逐和化学除草剂的危害。因为在这之前，人类对一些事物依然了解甚少，文明每前进一步，都意味着人类对一些事物的本真又多了认识和了解。同时也意味着，人们又放弃了一些傲慢与偏见。

即使这样，作为一棵杂草，倘若我们借给它思考的能力，那么杂草大概也能找到它存在的理由和意义。它可以在一片废弃或者坍塌的地方生根发芽、蔓延茂盛，在一些工业文明的废墟上，形成绿茵，并点缀上芬芳的花朵。它可以让那些被污染又被抛弃的土地重新归于自然的和谐，那里也会成为许多虫子栖息的家园，让小鸟有兴趣在那里谈情说爱，也让路过这里的人眼睛里有了欣然的绿意。它们就像是一味中药，让受伤的土地慢慢痊愈。

即使有些杂草遍布在坟墓周围，它们也能让死寂的氛围因为那一片的青绿和无名野花的烂漫而多了生机和温暖。路过那里的人，也会因这鲜艳的花草而淡漠了对死亡的阴冷和恐惧。

救赎

我不确定从什么时候开始深受自然的诱惑，就像松果之于松鼠的诱惑，花朵之于蜜蜂的诱惑。仿佛一想到那些情景，思绪很快就能从纷乱的事情中恢复至自然的宁静中，心情也随之平静下来。

我这种性格的人很容易成为河流或荒野的俘虏。每每走过幽静的森林或潺潺溪流，感觉就有一种神秘的力量迫使我停下脚步，并让我感受这种魔力带给身心的惬意。

这种曾经深藏于内心的反应，该是与生俱有的，只是多年过去了并没有真正发作。我为此感到有些遗憾，觉得错失了许多和荒野与河流相处的机遇，并在这样的过程里经历常人少有的清静安谧的生活。

不得不承认，是一本书唤醒了我与自然相处的兴趣。这就是追求极简生活的美国自然文学大师梭罗的经典之作——《瓦尔登湖》。

我被他一个人在瓦尔登湖畔两年多的独居生活深深吸引了：他从一位作家朋友那里借了一把斧头，在瓦尔登湖畔建造了一座小木屋，至此，他的生活就像被楔入了自然的一部分。他钓鱼、散步，在森林中寻找夜莺和更多鸟儿的歌声；他种大豆、种土豆，在一粒粒种子上安放自己的信仰；他在荒野上欣赏日出日落，享受自然的清新带给内心无尽的慰藉；他在小木屋里读书、写字，让四季不慌不忙地走过视野，然后平静地收获四季和自然的慷慨馈赠。

他曾毕业于著名的哈佛大学，但充满现代文明气息的繁华城市没能留住这位天生对土地持有一片忠贞和痴迷的人。他离开喧嚣的人群，沿着泥土小路回到了他的家乡——一个被森林掩映、被河流环绕的小镇。从此，几乎再没有离开。

梭罗说：我在我内心发现，我有一种追求更高生活，或者说探索精神生活的本能，但我另外还有一种追求原始的行列和野性生活的本能。他崇尚人和自然的完整，追求生活原本的简朴。他热爱所有的生命，并且总能从万物的生息中找到善良和爱的依据，并且用诗意的文字加以记录，给我们归结出更多自然的情趣和秘密，使得更多人沿着他的思路，甚至通过一条捷径，看到自然世界最温润、最柔软、最动人的部分。

很多次，我跟随着他的文字，被带着走过森林、河流、荒野……我为他的脚步着迷。

梭罗在《缅因森林》描述道：在这里，长着苔藓的银桦和槭树蓬勃生长，地上点缀着淡而无味的红色的小浆果，到处都是潮湿的、遍生青苔的岩石。无数的湖泊和湍急的河流使这个地方变得绚烂多姿，湖中与河中满是鲑鱼和各种各样的雅罗鱼，还有大马哈鱼、鲱鱼、梭鱼和其他鱼类；仅有的几处林间空地上萦绕着山雀、蓝背鸟和啄木鸟的鸣唱，还有鱼鹰和鹰的刺耳的叫声以及潜鸟的笑声，沿着僻静的溪流还能听到鸭子的叫声；夜里有猫头鹰的啼叫声和狼的嚎叫声；夏天，无数的黑蝇和蚊子成群结队地在空气中盘旋，他们是白人的天敌，比狼还要可怕。这就是驼鹿、熊、北美驯鹿、狼、河狸和印第安人生活的地方。阴暗的森林里那难以形容的柔美和永恒的生命将有谁来描述？此刻虽然是隆冬时节，但大自然中却春意永驻。在这里，长满青苔、逐渐腐烂的树并不衰老，而是似乎拥有永恒的青春时光。快乐、纯真的大自然像一个安静的婴儿一样，幸福流淌在她周身的空气中，只有几只啼声清脆、啁啾不绝的鸟儿和潺潺的小溪打破寂静。

这是一个多么适合生活、安息、葬身的美好的地方啊！这里的人一定会长生不老，他们一定会对死亡和坟墓露出嘲讽的笑意。在这样的地方，他们绝不会想到乡村墓地这样的东西——决不会在一座潮湿、常青的小山岗上修一座坟！

谁愿意死去并被埋葬
我想继续生活
在这里，永远
那一片原始的松林

漫步于其中
自然赋予我的性情
一日比一日年轻

这就是梭罗心目中的自然世界：纯净、美丽、空阔，有着永恒的意义。

或许，我正是他千万追随者中深受影响的一个人。他给我们提供了一条如何走向自然的心路；如何在一声鸟鸣和狼嗥中获取生命共振的喜悦与和谐；如何在一片荒野上，看到世界原初的真相和它野性的魅力。我被他启发和引导着，企图把自己从生活的繁杂中抽离出来，然后像放逐囚犯一样归于自然和自由。

梭罗的著作在中国的译本我几乎全部仔细读过。每次阅读，我都能听到自然的天籁萦绕在生命幽静之处的回音，它让人着迷。

我也曾尝试去亲近长满苔藓的石头、原木和森林中的小路。但我的行走总是过于匆忙，或只是肤浅地认识了一些事物，却并未从中获得自然的启示。

我在草原的暮色里也被一群大雁的鸣叫深深打动，也曾在一片原始森林里和一只可爱的松鼠安静地对视，或者也曾在一条河流上做过短暂的漂流，在一片荒野上晾晒过孤独和寂寞……但我依然没有真正脱离禁锢。我依然被一层俗世的尘埃笼罩在生活隐晦的地方。庆幸的是，我正手持一盏油灯，在黑夜中找寻走向自然的出口。

我是要去走过一些地方

走过一些偏僻的村庄

哪怕村口已经没有了一棵老槐树

我也会静静地欣赏

从一孔坍塌的窑洞里

找出几枚当年孩子们读书时

丢在墙角里的"我爱北京天安门"的童声

我会在腰里别一把镰刀

在荒芜的大地上独自徘徊

让臆想中的麦田在我的心底

旺盛出五月的金黄

要不,我就坐在麦场里

从废弃的碌碡的石缝里

抠出一粒种子

我要把它放在嘴里慢慢咀嚼

让心里再次装满谷米的清香

我是要走过一些地方

走过一些只有脚步能到达的地方

我想看看那些还没有经过驯化的鸟类

怎样在树梢上构筑着奇妙的巢穴

看野性的兔子如何在荒野上

表演跨栏比赛

如果能遇到一只狼

我只想问问，它对人类种种的误解

是不是有太多的愤懑

或是已经原谅

人类的偏见

我是要走过一些地方

在荒野里扎一顶帐篷

在山谷里饮一瓢清泉

如果，没有太多的干扰

我会沿着生命蜿蜒的曲线

一直走

一直走到文明的边缘

或者在一片清净的月光里

把呼吸收起

　　事实上，我是一个没有理想的人。即便有，卑微如一只蜗牛的理想也不值一提。我有一种对自然崇高的敬畏之心，对生活充满热情、对生命充满真诚的素朴之情。即便还趋于卑微，但是，对于那种走向更为崇高、俭朴的生活的期望，却像一颗星星般默默闪烁着微微的光亮。

　　我不敢奢望，能像约翰·巴勒斯那样，用一颗纯净之心和对自然世界一生探索的收获把更多的人引向自然，带进自然的怀抱；也不曾期望,和亨利·戴维·梭罗一样一生与自然亲密接触,不断去探索发现,并用自然反馈的恩赐像一位虔诚的牧师一样,引导人们走向自然宗教般的神圣和美好。我只能心怀卑微的理想,先从一棵小草和一朵花儿上寻找"普世价值"的原始的依据;在一条河流或者一片荒野上,静静地等待,等待自然迟来的救赎。

五月的草原

五月，门前山丁子树上已零星开出槐花般大小的白色花朵，那散发着淡淡的清香，预示着，草原真正的春天就要来了。

草地上已蒙了一层新鲜的浅绿。

牛筋草开始返青，顶冰花遍地寻找着绽放的时机，黄豆般大小的花蕾充满了绽放的欲望；委陵菜的小黄花一夜之间已遍布草原；紫蓝色的白头翁喇叭形的花朵像在不停宣告着令人期待的喜讯；绣线菊开着麦粒般细碎的花朵，白色的花冠内镶着朱红色的花蕊，犹若新婚女子手指上精致的钻戒；没过几天，野罂粟悄悄盛开了，蝶翼般的花瓣如怀绒布一样素朴动人……

五月的草原，成了花草的竞技场。

我屋子四周有成片的山丁子树，它们喜欢扎堆生长，像一群喜欢贪玩的孩子整天黏在一起。山丁子开花时，整个树丛白花花的，如一束巨大的手捧花。如果有人想送花给心爱的人，我建议就送一棵山丁子树。它开花时，密集、蓬勃、散发着浓郁的芬芳。花串长约十厘米，每一串上有近七八十朵黄豆般大小的花朵友好地挤在一起，浓密时，连鸟鸣都无法穿透。

此后的一些日子里，蒲公英的大军开始抵达草原，并在四处安营扎寨。在它们占据的领域内，白色的点地梅、蓝色的勿忘草、金色的鸦葱、典雅的风箱果和小巧玲珑的香雪球渐次绽放开来，草也都在全力地长着，逐渐茂盛。

五月的草原是块神奇的画布。每天都会有不同的色彩加入进来，那么鲜艳、亮丽、磅礴，让人无法用语言准确地做出描述。草原又是一块巨大的锦绣，让人疑惑，不知有多少绣娘在那里穿针引线，为五月的草原绣着嫁衣。有时一回头，发现身后那块锦绣上又多出了几朵新鲜的花，又有几只绿头鸭在河上悠然漂过，发出嘎嘎的欢叫。这样的情景，让人流连忘返。有时我会在草地上这样随意地行走，一走几个小时，但却并没有走出多少路程。多数时候，我会被眼前新的景致所吸引，并停下脚步，仔细打量欣赏，直到心满意足。

一天，邻居孟根告诉我，你该捡些牛粪压在煤堆上，否则，这些煤很快就会被风化成碎末。当务之急是，先要在四周扎一圈围栏，以便能把牛粪堆积起来完全覆盖在煤堆上。他又告诉我，距此不远处有个废弃的牛圈，从那里拉些废旧的木头来就可以化解用料的燃眉之急。

这件事显然不能再耽搁了。从几十公里外拉煤可不是件轻松的事，我可不能因为拖沓让这些珍贵的燃料白白被风化。

我和孟根开着拖拉机，去做这件重要的事情。

在他的帮助下，我们用了一下午就把围栏圈了起来。工序不算复杂，但看似简单的工作还是费了不少周折。

当看着这个近似艺术品的围栏最终完工的时候，我满心欢喜，并充满成就感。这是我们亲手创作的"艺术品"。古旧的树干被我们重新赋予了价值和美感。这些曾经被废弃多年的旧物，因为我们的介入，被重置、被触摸、被彻底改变了它们腐朽的节奏和消失的过程。

我想，我们的生命是不是也像这些曾经被抛弃的废旧木头一样，假使换一种选择和位置，是否也会有所改变，并走出庸常的生活而活成另一种自己喜欢的样子。

一根木头，因为我的搬运和挪动，仿佛又获得了重生。就像读一本已故大师的书，我们会从他的书写里感受那些伟大思想带给人的启发和震撼。由此，这些思想成了不朽的之物。

日常中，多数人受困在生活的圈套里，变得顽固而传统，就像被绳索捆绑在欲望的石柱上，目光忧郁而绝望。许多时候，我们不是在创造生活，而是在重复生活。可生命的意义并不是一味地重复，应该不断去体验和创造新的经验，而不是像闲置在某个角落的木头任其腐朽。

或许，试图改变，会让人面临许多因未知而产生的忧虑，但不去改变，又和一截腐朽的木头有何区别呢？

有时，换种心境，改变一下观看事物的方式，我们就会有意想不到的收获。比如走在旷野的朝阳下，比低头匆匆穿行在上班途中的大街上更容易获得心灵的慰藉；比如，在一条小溪边，听着溪水的潺鸣，会比你在喧闹的歌厅里更容易获得安宁。

我曾在城市生活多年，所以我建议，生活在城里的人，不妨抽时间走出高楼林立的小区，去庄稼地里看看玉米如何在风中绿波汹涌，去看看农人在绿茵中施肥、除草，他们像一叶自由的小舟。这样的情景，会唤醒你对一粒粮食的怀念和珍惜，也能让你在劳动者的身影里，重回内心的简朴还有对故乡的眷念……

这值得我们去尝试。

做这些，并非一件艰难的事情。

五月底，草原上的绿色又浓重了一些，并增添了许多新的色彩。地榆、苜蓿、牛蒡、芍药、老鹳草、蚊子草以及野韭菜正在飞速地抽叶添花，连一向反应迟钝的稠李子树也开始按捺不住冲动，纷乱的枝条上缀满了密密麻麻粉红色的花蕾。用不了一两天，这些密集的稠李子树就会迎来属于它们的盛大演出，那将是坡尔德又一轮的花潮盛会！

独居草原第二年

两年前的这一天（2017年6月6日），我从两千多公里之外的陕北来到了呼伦贝尔草原开启一段不同寻常的独居生活。这让我感到兴奋，恍若进入了梦的时空，一切充满未知，又让人沉迷。

我深信，每个人的生命里都潜藏着某些与生俱来的形同休眠的机能。虽然在很长的时间里，这些东西在你的生命里犹如地下多年沉睡的种子，但这并不意味着它不会苏醒、不会发芽。种子有一种功能，可以在条件不成熟的时候在地下沉睡上百、上千年。当土壤和气候一旦适应它生发的条件，它就会被风和阳光唤醒。乔纳森·西尔弗在《种子的故事》中说：一年中，若季节气候对种子来说太干燥或太寒冷，不利发芽，种子就进入休眠，等待不适宜的气候过去。种子休眠行为的范围极广化,套用莎士比亚《第十二夜》里马福留的话来说:"有些休眠是天生的,有些休眠是挣来的,有些休眠是自己送上门来的。"事实上,每颗种子都有自己独一无二的个性,有些得自遗传,有些属于物种的特性,有些则来自种子所处的独特环境。不过这一切最终还是受天择的形塑与支配。

梭罗说:"我对种子有着莫大的信仰。若让我相信你有颗种子,我就要期待生命显现奇迹。"

选择在草原独居,大概正是我生命中一颗休眠的种子要苏醒了。我不知道它在我的身体里沉睡了多久,令人高兴的是它遇到了适合的环境和气候。

选择暂时离开城市把自己安放在草原,似乎也没有什么理由。我并不是厌倦了喧嚣的都市生活,相反,我对生活从来没有失去热情和兴趣。即使我一直和逆境形影不离,与死神也有过多次交往,甚至一直在负债中常使灵魂感到不安,但面对每天的生活,我从不曾感到绝望,也不曾在困难面前有过妥协。

可能我只是更适合在相对僻静的地方,用自己擅长的方式促使一颗种子发芽、开花、结果。目前来看,尽管我看不到未来会有怎样的收成,但我已把种子播进了大地。那是冥冥中我必将要做的事情,就像农民守着土地一样。

坡尔德,似乎是我梦中必要抵达的地方。这里是夙愿实现的乐土,也具备心中那颗休眠的种子在经历苏醒时所需最理想的条件。

这里,原始、广袤。没有高耸的建筑能挡住人远眺的目光;相对的偏远,使这里的道路还保持泥土朴素的属性;也没有纷乱交错的电线扰乱这片天空的整洁；这里没有农田，没有刀耕火种的风生水起。这里依旧原始，生长着几百年前的樟子松，依然可见许多地方已经销声匿迹的古老生命；这里的土壤从不需要科技的关心和农药的医治，却草木旺盛，飞鸟云集；不多的牧民散居在这片水草丰盈的草地上，互不干扰，又如云霞般在一次次日出日落时，渲染出他们生活共有的绚丽与和谐。正如卢梭在《一个孤独漫步者的遐想》里所说：各种类型的作物集合在一起，竟出奇地显现出一派和谐风光。

我很幸运博得一户牧民的信任，允许我在他家靠近河流的草地上盖了一间小屋。

这曾是我做梦都不敢有过的奢望，可冥冥中我竟然得到了上天的眷顾，在周围山丁子花飞雪般绽放的地方，我的小屋伫立期间，就像画中的一部分。无论是构造、形状，还是小屋暗红色的木纹和灰色的屋顶，都和周围的一切完美地融合在一起。有时我甚至觉得，这并不是我的意愿，而是有如神助，让我在这世外桃源般的地方，邂逅了如此多的植物、鸟类、昆虫，还有画布一样的蓝天、白云。

我宿命般认同了我与自然有种天生不可割舍的情怀。

在我的房前屋后，总有无数蒲公英在风中绽放，一片片温和的金黄色，像老祖母嘴角的笑容充满了母性的亲善；糙叶黄耆抖动着薄如蝉翼的花瓣低俯在蒲公英伞状的呵护下，幸福地绽放着；咫尺的地方，能看到鹅绒委陵菜、地蔷薇、多茎野豌豆、灰背老鹳草、瞿麦和草原丝石竹等正疏密有序地聚在一起，抽叶开花，谈笑生风，仿佛一群不同姓氏的人聚在一棵老槐树下说着温暖有趣的话题。

自然这位老祖母，很多时候显得安逸随和、漫不经心。仿佛她早已把大地上的事情安排妥当，再无任何忧虑和牵挂，放任万物以自己的方式在大地上自由地生息轮回，尽享花开花落的纷繁和多彩，也静享凋落与死亡的坦然和从容。

梭罗说："自然总是采用最简单的方法达到目的。"我以为，人也可以去效仿自然。

当我独自坐在门口想一些心事，静静看着满天堆积的乌云在如何酝酿一场风雨时，我往往会情不自禁地想起已经成为过去的一些经历和当初一些艰难的抉择。曾经，我也像此刻天空动荡不安的浓云，正在经历化身为风雨前的蜕变和煎熬。

这是我生命里的一段独白，我把爱留给了静静的辉河、神秘的森林、天空的大雁，也留给了寂静的星空、酣畅的风和门前六千亩的孤独。

不可否认，曾经有质疑的声音和一些善意的谴责，让我对自己的选择犹豫不决。我一度心烦气躁，就像心里揣着巨大的马蜂窝，在出出进进蜂群所发出的嗡嗡声里，我分不清哪些声音是鼓励，哪些声音是嘲讽。幸好，我并没有被这声音左右。最终，我尊崇了自己内心的声音。

我不知道，自己能在这里生活多久，三个月？一年？两年？甚至更长时间？我不能确定。不过，这些无意义的忧虑和烦恼很快就自行消失了。因为没有一个人能设定自己的明天。我又何必为还不曾到来的明天心存质疑呢？前一分钟和未来一小时对我来说已经过去或还未发生——只有当下真正属于我。

我一天天安静下来，平静简单的生活使人远离纷争。正如安妮·拉巴斯蒂在《林中女居民》中所感叹道：我宛如坐在一个核心地带，从这个寂静的小木屋，我的思想如同那金色的阳光洒向阿迪朗达克的群山。我真切地感受到了这些山的存在，它们古朴、坚实且可靠……与它们相处，就如同与一位老祖母生活在一起，总是可以依赖。

如果我们把自己想象为自然，又会如何对待其中自己这个小小的生命呢？我能看到的是，在物质文明高度发达的时代，我们从来没有停止用贪欲去诱惑和摧残那颗生命的种子，直到它不堪重负，自行枯萎，甚至半道夭折。我们不惜在孩童时代，就给生命戴上一幅沉重的枷锁。不幸的是，有人一生都没有从这幅枷锁中解脱出来，日渐习惯了禁锢。有人一直活在虚无的憧憬中，永远对明天抱有无尽的幻想，总觉得今天的不足和缺憾，明天一定会得到应有的填补。保持乐观的心态固然必要，但如果一个人长期保持幼稚的乐观，无非是在浪费生命而已。

我从两年独居生活的经验中发现，人其实不难满足。

我的小屋只有二十多平方米，但完全能应付生活的各种需要。有时心血来潮，想让生活有点仪式感，也是容易做到的。我可以在书桌一角的罐头瓶里插上野花，就能让堆满书籍显得凌乱的空间瞬间充满情调，使人愿意并舒适地待在这样的环境里，浑然不觉时间已经从早晨滑向午后；我也会在墙壁上挂些装饰性的东西，大雁的羽毛、一顶草帽或一截造型怪异的树根。这些并不惹人眼目的东西，却能给我的小屋平添许多自然的清新。从一根羽毛上，我仿佛可以看到迁徙的大雁在高空飞翔的身影；在一截树根上，我看到大地高超的根雕技艺，这比那些摆在豪华厅堂里展示的瓷器更让我赏心悦目。

如果没有什么外出计划，我通常会整天待在小屋里。我可能在读一本书，任凭心思跟着书中的文字到处神游。这是最廉价的旅游方式。足不出户，不用买门票，就能领略到从未见过的庄严雄伟的冰川横隔在眼前，并以它独有的带着冰河世纪的口音向你讲述着冰冻世界里的传奇。阅读会让人对历史产生一种了解的热情和欲望。浩瀚的文字里，蕴藏的远远不止是森林、海洋、湖泊和群山这些看得见的奇观景象，也深藏着许多高贵的灵魂和古老的智慧。这些光彩熠熠的思想，像一盏盏神灯，给我们启发，引领着我们，并照亮着我们与生俱来的无知和生死路上那么多黑暗的角落，能使我们避免走更多弯路，就像神明在指引着朝拜的人，使他更容易走出生命的迷宫，沿着正确的方向走向心中的圣地。

小屋成了我的另一个世界。

我在这里随心所欲地生活，不在乎谁的褒奖。没有谁能左右我的情绪，或给我发号施令，使我像以往那样畏畏缩缩、暴跳如雷地呈现出和心灵完全相悖的状态。

我在这里所做的每一件事都顺应内心的反应。原本如烧火、做饭、扫地这样琐碎的事情，在这里都让我觉得是享受和消遣。其实并不是这些琐碎的事情本身发生了变化，而是随着我做事心态的改变，一切都发生了变化，苦变成了甜，烦恼变成了喜悦。

在无人监督的情况下，我懒散的性格得以彰显。一整天可能我什么也不做，就那样坐在窗前看喜鹊在树枝上嬉戏欢闹，关注云层在天空纷飞变幻，关心小院的篱笆墙是如何被阳光拉长又剪短了它们的影子……常人看来这些无聊的举动，对我来说却是生活。那些光影的变化神奇莫测，鬼魅又魔幻；许多鸟雀时而聚在枝头上歌唱，时而迎风把身体悬浮在空中，就像在炫技。而这些恰是我们人类所不可企及的，在欣赏之外保持谦逊是必要的。

梭罗说："信念和经验使我深信，在这个世界上，只要我们过简朴明智的生活，养活自己不是苦事，而是消遣……但是人类竟然到了这种境地，他们经常挨饿，不是因为缺少必需品，而是因为缺少奢侈品。"在独居生活中，我不是学会了，而是真切地体会到，过一种简朴的生活是完全可以满足一个人所有的需求的。根本原因是，在这样的地方的确没有多少需求。

当外面气温达到零下四十多度的时候，小屋里的一炉柴火就能让我感到深深的满足。我会沉浸在柴火洋溢出的暖意中,一心一意地享受着简陋小屋宽厚周全地呵护,享受着炉火带给身心种种不可言表的温暖舒适。炉火洋溢出的暖意难道不比空调吹出的热风更令人舒适和健康吗?

快乐的最终结果都是一样的。

快乐的本质也从来不曾改变。它只是人内心的感知。用一分钟就可以获取的快乐,我们为什么要花一辈子去苦苦寻找呢?在一滴水中就可以找到的快乐,我们又为什么非要去寻找海洋呢?许多人一生都在用一滴滴的水,企图给自己造一片海,以为只有这样才可得到更多的快乐。只是,他从未发现每一滴水其实都深涵着快乐的因子。有人一生都在追寻快乐的路上,而有些人一生都在快乐中行走。

有时我会突发奇想,觉得自己是一个极其富有的人。我的小屋虽小,但它完全可以包容我的一切,满足我的一切。即便是我独守着一份旷世的孤独,但我的生活并不贫瘠。

佛陀说,大海本身是不落生死的。只要波浪明白它们其实是海水,它们便可同样超越生死,不再惧怕,而获得内心的平静和安稳。我无意在这里了悟生死,但当我觉得自己不过是这世界汪洋中的一朵浪花时,欲望就会将我释放,给我自由。当你感觉你就是世界,世界就是你的时候,你还需要在这片汪洋里贪求更多的浪花吗?只有吝啬的农场主才会把一块土地视为永恒的私有财产,而且不惜用一生的辛苦和忧虑守护这只是名义上暂时归于他的土地。

老子说:"持而盈之,不如其已。揣而锐之,不可常保。金玉满堂，莫之能守。富贵而骄，自遗其咎。功遂身退，天之道也"。老子意味深长地告诉我们，一切都得适可而止，否则将自遗其咎。他主张"生而不有"的理念，正是提醒人们要放下心中的执着和贪婪，依道而行，才能顺应自然的法则，轻松快乐地度过一生。这是两千多年以前，老子就告诉我们的生存之道。现在来看，在整个社会发展进步的同时，人们自身却并没有依存天道而有所进步。更多迹象表明，人类不只是没有在灵魂上获得提升，反而在道德方面正一步步走向沦陷。

在时间的长河里，人的生命不过是一个气泡而已。但人类天生的欲望和贪心却让自己一生都走不出物欲和名利的困扰。

没有人愿意相信，即便拥有再多的物质，也不过是一些临时存放在身边的多余的东西而已。包括自己的生命，也不过是人间的过客罢了。最终，我们会将这一切还给大地，就像我们把用尽用坏的身体交给泥土一样，我们带不走任何多余的东西，唯一能带走的，就是你在这一世所造的业，或是老子所说的德。如果依佛教的轮回之说，来世的果，只取决于你在今世的业。业，并非是一个人做了多大的事业，累积了多少财富，而是你在这一生里做了多少恶，发了多少善。可见，再多的财富也无法推动那盘注定你落入六道的石磨。

我们匆忙一生，多数人只为积累那些带不走的物质，而忽略了自然之于我们的光明之道。没有什么能比自然世界给予我们更多、更为重要的恩惠了。太阳、雨露、粮食、河流、空气、土壤……我们基于自然慷慨的赠予，才能保持生命最基本的呼吸与生长，我们才有机会用心感知和体验这一生的喜怒哀乐、悲欢离合，实现一些美好的愿望。人活着，除了享受物质带来感官的愉悦之外，难道不应该去追求一些更为高尚的东西吗？

想象没有城市，没有商店，没有手机，没有互联网，没有汽车，没有银行，我们依然能活得十分健康。反之，即便是拥有了全世界的奢侈品，如果没有自然的恩惠，生命还有什么快乐可言呢？

一个人独自在小屋里思考这些的时候，我时常为能拥有这样静谧的时光和安静的角落庆幸不已。在这样的地方，除了我自己，再没有谁能打扰到我的安宁。也只有在这样的时候，寡言的灵魂才会出现我的对面，和我一起审视生命之于这个世界的价值和意义。我们会反思自己曾经犯过的错，对这个世界，或是对家庭以及个人造成的伤害。但我不怎么擅长后悔。我愿意在忏悔中摘一些因为错误而成熟的果实，然后慢慢汲取果汁。尽管有些酸涩，但这种能促使生命自省的苦涩让我感到宽慰。这让我能清晰地看到，那些走过的错误的道路上原来有着怎样的绊脚石，也让我避免再去犯同样的错误。我也不断意识到，原本那些被自己认为极具使命的工作，是多么的徒劳和毫无意义。从结果来看，我除了在一些工作中耗费了无数宝贵的时间以外，并没有得到太多的好处。这也让我明白，工作原本是为了更好地生活，但结果是，工作夺走了我们的一切。

正如热腾仁波切所说："我们努力工作，无非是为了更好地生活。"生活不就是吃喝拉撒嘛，但是却没有几个人用心而专注地品味过自己劳动的成果。很少有人记得自己昨天吃了什么饭，或是忽略了的当下的一桌美味佳肴，是酸？是甜？一概不知。就像没吃过那顿饭一样，面对眼前的一桌佳肴，心思却并不在这些具体的食物上。那么，所谓工作是为了更好地生活，不是一句实实在在的谎言吗？我们总是忙碌地工作、奔波、追求，却没有时间专注地吃过一颗橘子、喝过一杯咖啡，只知其有，却不知其味，这算得上生活吗？

我是个懒散的人，不喜欢被任何事物束缚。这并不是说我是个厌世者或悲观者。我只是尽量做一个能让自己喜欢和认可的自己。我不怕别人认为这是我懒惰的借口，也没有必要解释。

我整天闲逛、观鸟、在河边发呆也不是全无意义。只是一些人不了解罢了，我的生活也并不是为了给别人的眼睛提供可鉴别和评判的资源。我所做的一切，并不比那些付诸体力劳动的人在这个过程里获取的快乐少。对我来说，没有什么比明天还能站在太阳下呼吸更美妙的事情了。哪怕衣衫褴褛，哪怕一无所有，也不会影响我拥有整个世界的幸福感受。

如果不是一些日子有特殊意义，我几乎忘了时间的概念。如果不是窗前山丁子花开得如此沸腾，我几乎忘记已经在草原上独居整整两年了。

这是我原计划应该离开草原的时间，可我多么愿意像一个学习不好的留级生，还能继续在这里复读，还能在这里生活，无视四季的更迭。哪怕被这个社会遗忘又有什么不好呢？

最终，我奖励了自己，又续了一段独居的合约。

我很清楚，一切事物都在不停变化，这是自然规律。作为人，如果不在变化中使自己变得更像一个人，那实在是一件遗憾的事。一切外在事物，在很大程度上就像穿在我们身上的一件外衣，无论它多么光鲜华丽还是质地素朴，都不能决定一个人内心的富足和贫瘠，也无法掩饰一个人内心的快乐与哀伤。

如果我们乐于学习，并不固执，不去做自然的叛逆者，就会从她那里获得能让内心丰盈的种子。我们走向自然，就是为了向河流学习她的无私和宽容，向土地学习她的包容和慈悲，向鸟类学习音乐，向彩虹学习绘画，向岩石学习坚强……我们终究会明白，原来我们和万物从来就不曾脱离过某种注定的关联。我们终于明白，万物都是自然的儿女，也是自然本身。我们学着爱，爱母亲，爱一草一木、一山一水，爱风、爱雨、爱天空的飞鸟……最终，我们发现，其实我们正是爱自己。

当我们学会了爱，懂得了爱，身处何方，已经不重要了。重要的是，无论在何时何地，我们都能在万物里找到自己。

我在草原上已经经历了两年的四季轮回，我该心满意足了。

如果说，在两年的独居生活中我到底有一些什么样的收获，我只能说，生活改变了我看待事物的心态和方式。其余的，全都已经成了过去。

当下，已是仲夏，但草原似乎才从春季的梦中醒来不久。草木正在努力地发芽、开花，气温却一直徘徊在不温不热的状态，仿佛故意拖拽着节气变化的脚步，让这里的一切都处在缓慢的节奏中不慌不忙。

我坐在门口的原木上，静静地看着我心目中这处世外桃园，心中充满安宁。几只麻雀在门口的栅栏上跳来跳去，像孩子们跳绳一样，不时发出欢快的唧唧声。我想象它们是在表达着一种喜悦的心情。又想，是不是因为哪只麻雀因为出错而引来伙伴们纷纷不满的谴责。但我的想象并没有改变和打断麻雀们的游戏。它们蹦蹦跳跳，偶尔借助小小的翅膀跃入空中，就像在游戏中暂时出局的孩子一样，却并没有因为输赢而闷闷不乐，只管因对别的事物的兴趣而手舞足蹈。房子四周的篱笆，已经褪色为浅色的灰白，呈现出一种被风雨和时光洗礼后的古朴。我仿佛能从中看到自己的影子，能感受到时光之水像流过一块石头般使我已变得不再棱角锋利、凸凹粗糙。

一直以来的大风，今天显得出奇平静。湛蓝的天空，两只鹰在高处盘旋，它们不知道，自己的身上平添了一丝重量，那是我仰望的目光落在它们背上的礼赞。草原的绿，一天比一天深浓，更多的花蕾正在酝酿着一场隆重的庆典。作为观众，我静静地等待着，我已不再急于赶赴每一场花事的隆重，我已深知，一切终将随风而来，也将随风而去。

借用梭罗《瓦尔登湖》中的一段话来结束这篇文字，我想是再好不过了：我到瓦尔登湖去的目的既不是为了过便宜的日子，也不是为了过昂贵的生活，而是在最少障碍的情况下处理一些个人事务——阻止我因为缺乏一点常识、一点进取心和经营才能，而做出的与其说看来是悲惨，不如说是愚蠢的事情来。

月光下的马

6月25日，邻居孟根和巴仁要去四十公里外参加赛马活动。从半月前知道这个消息至今，我期盼已久。

这次活动的主题是祭敖包，赛马只是其中的一项内容。正式比赛在26日凌晨。孟根和巴仁考虑到能让马休息好，并能保持良好的竞技状态，决定提前一天将马运到比赛的地方。

比赛规格不算高，属于小型的民间比赛，但从细心周到的准备工作不难看出——他们非常看重这场比赛。

这一天都中午了，他们两人还迟迟不肯动身。孟根说："走太早，天气太热嘛，会让马不舒服嘛，赶天黑到达那里就行。"我拗不过他们，但也理解他们对马是多么的珍爱。

我先独自驱车去五十公里外的辉苏木买了些方便面之类的食物，然后又折回来，在一个路口等他们。他们的计划是找一块水草丰美的地方夜宿旷野，我非常赞同。

我在事先约好的岔路口等他们。两个多小时后，没等到他们，却等来了一场短时间的强降雨。

天空聚集着无数浅蓝色、粉红色、黄色、玫瑰色，还有朱红色的云团……天空就像一个巨大的染缸，给人以视觉的盛宴。

空阔的大地上，我一个人站在那里仰望着天空，我和大地都被这晚霞所渲染。屏住呼吸，我能感受到心跳的节奏越来越快，就像是和天地终于有了一次久违的共鸣。那么多的彩云，相互碰撞、交融、吞噬着。时而如熊熊燃烧的火焰，时而又像隆起的多彩的山峰，梦幻且气势磅礴。似乎有一种魔力在操控云团不断变化，让人难以捉摸。就在万物正沐浴在这鬼魅的天光下时，几道耀眼的闪电划破了天际，接着，几声沉闷的惊雷在云层里炸响。瞬间，风起云涌，硕大的雨点从雷声炸开的云层中瓢泼而下。我几乎还没反应过来，全身就被打湿了。

钻进车里，环视穹顶，并不见天空有几块像携带着暴雨的云团，可天空却已悬挂着一面巨大的瀑布。不到一分钟，草地和公路上已有了积水。积水映着天空的彩云，如梦如幻。我的车顶也成了一面大鼓。在风声强大的背景音乐里，雨点敲打着车顶，像激情的爵士鼓表演，令人振奋。

坐在这天地的音乐厅里，听着这空前绝响的交响乐或爵士乐，目睹着天空云火飞溅暴雨倾盆的壮观景象，我像处在另外一个世界里，愕然地看着眼前这惊心动魄的一刻。

倘若说这不是天地突发灵感的杰作，又能是什么呢？我有幸成为一名在场的观众，该是多么幸运！我心里暗暗认为，这是天地对我的赏赐。

不到五分钟，一场雨便配合着落日的万紫千红将天地装饰得富丽堂皇。

雨停后，夕阳的余晖更加透明澄澈，空气也更为清新湿润。风似乎已经完成了某种使命，仿佛隐遁了，就像一个歇斯底里发脾气的女人突然安静了下来。

在这霞光肆意、满天堂皇的天空下，我泡了一碗面充当晚餐。

两个小时后，他们开着拉马的农用车，终于在夜幕悉心的呵护下驶入了我的视线。不知道，他们是否也和我一般目睹了一场暴雨和夕阳的狂欢。如果没有，那又是多么遗憾。

继续在草地的自然道上行驶了近半个小时，我们将车停在了一片夜幕下的草地上。

借着手电筒微弱的光亮，三匹马先后从车斗里跳了下来，仿佛路上受尽了颠簸之苦，当它们刚刚四蹄触地时，便发出一阵阵欢快的嘶鸣。

这时我才发现，巴仁的弟弟早我们几小时前就已在这里选好了宿营地，并且在一块开满野百合的草地上搭好了帐篷。此时，月色渐渐亮了起来，整个草原也像相纸上的潜影一般在月光的显影液里慢慢浮出了轮廓。

少顷，他们三人各自跃上马背，说是要去遛马。看着他们愉快

落日余晖下的马儿，线条多么简洁优美，又多么富有帝王般的尊贵。

地在马背上一边嬉笑，一边向我挥手，我便无端有些嫉妒。

　　三匹马踏着月光慢跑着，舒缓的马蹄声犹如滴入深谷里的泉水，声音清脆、空灵、古老。在这声音的回荡里，隐约夹杂着他们用蒙语说笑的声音。这让我想起草原上悠扬的长调。想起这长调里蒙古包上袅袅升起的炊烟，想起许多已消失却一度是草原上经久不衰的古老的生活情景。那是草原古老的一部分，是见证草原曾经如何慷慨地施舍和承受灾难的一部分。我从中感知到了一种遥远的幸福，也感知到了某种失落。但在这草原的旷野上，我很快就走出了联想，回到了一片皎洁的月光下。不久，我觉得他们已和月色融在了一起，隐隐约约的几个黑点，像地平线上跳动的几个音符。虽然他们已经走得很远了,但我还能清晰地听到马儿的响鼻声。

能想象来,骑在马背上的他们是如何享受迎面吹来的凉风,如何享受通过古老的语言所传递出的愉悦和欢快,又是如何享受月光沐浴的酣畅……他们走在远离城市和现代文明的月光下,但他们走在真正的幸福和欢乐里。那些幸福和欢乐,就像是还没有经过现代文明的孕育,还是来自千百年前一片碧绿的草原和一片古旧的月光,来自晚风的轻拂,来自进化缓慢的原始的身心。这是许多人不可企及的。即便我就站在离他们不到几里路的地方,我却感受到来自城市的我被这纯洁的月色和旷野所排斥的失落。我还没有和这里真正融为一体。

只有他们才配得上这古老的月光,配得上这辽阔的草原。

我独自坐在草地上,心里还羡慕着他们披着月光的斗篷、骑马慢跑的惬意和飒爽。好在,头顶的月光越发地明亮起来,深蓝色的天空中,缕缕白云清晰可见。星星在月亮的周边闪烁着,像远处篝火溅起的火星。我为所有这荒野里草叶的颤抖,虫子的呢喃,或一声孤寂的鸟鸣感到欣慰和满足。这恍若月光过滤后留在草地上的声息,安静从容,耳畔没有任何噪声,我的内心像一处宁静的岸。

此刻,连马蹄声也消失了,像被月光吸走了。这个宁静的世界似乎独我所有。星星的亮光也多了起来。暴雨洗净的夜空,通透澄澈,薄而柔软的云丝在天空游移着,如同仙女托在身后洁白的裙摆。我似乎从这天地的肃穆中捕捉到了某种关联,有关神话、宗教以及草地上孑然一身的我。似乎世界突然出现了一条看不见却能让我们走到一起的路。我会通过这条幽静的路,抵达月亮的边缘,在一朵白云上小憩,让自己有机会成为神话的一部分。似乎这样的事情并不遥远。

不知过了多久,我听到了空旷的马蹄声由远而近。依然夹杂着在蒙语间来回穿梭的欢快的声音。

我站起身,循声望去。月光深处,几个黑影像几只在草地上低飞的鸟儿,向我这边缓缓飞了过来。他们仿佛从月光深处而来,带着远古的气息。那些影子,让我感到陌生,又如此熟悉,仿佛那里面也有我的影子和气息。如果人有前世来生,我确信,当年我一定也曾骑马走过这样的月夜。我能想来他一身长袍,身上落满了月光的清辉,微风轻抚着他的长发,他边感叹着天地造就的奇幻月夜,边解下腰间挂着的酒壶对月豪饮。倏忽间,又满脸泪水。如今,我这样浪迹天涯,难道是在延续他不曾走完的流浪之旅?还是沿着他的梦想,在无数个月圆月缺的夜晚,企图找到生命的秘密或是曾经消失在草原上的那个背影。

我的幻想,很快被一声马的嘶鸣惊醒了。回过神来,他们正说笑着逐一给马披着马衣。

此刻,月色深浓,天地间亮如白昼。他们给马打好绊子,一切安排妥当,才坐下来开始享用晚餐。

已近午夜。我们围坐在月光下,一边轻声交谈,一边喝着啤酒。我从车上取来一盏野营灯,结果,因为灯光太亮,被孟根很快关掉了。他提醒,如果有太多的噪声或太亮的灯光,马会因紧张而不能专心地吃草或休息,会影响到明天的比赛。

这样也好,天地一色,只有月亮的灯盏,在天际熠熠生辉。

几匹马安静地在享用夜草，不时打着惬意的响鼻。草原上的花草就是为了马而存在，而如果少了马蹄声，草原也就失去了一份生机。

大地作为万物的母体，在草原这里更具母性的宽厚和慈爱，也凸显她爱美的天性，总给发际插满鲜亮芳香的花朵。

大地上花开花谢、草枯草荣，一切以原始、野性、天然的代谢保留着人世间最为纯净的生命景观。也许，只有在这样的月夜，我们才能感受到自然世界蓬勃的、静谧的、旺盛的、伟大的、永恒的生命旋律。让月光成为真正的月光，让星星闪烁着亘古的光亮，也让我们能抽出悬浮在俗世物欲中的灵魂，得以和花草、虫鸣、露水以及这神谕般的月光融为一体。

事实上，人类从来没有像今天这样，和自然如此生疏。也许，我们有时候，需要有这样一个月夜，让自己重返生命的净地。我们需要重新手捧宇宙的神旨，在仰望中接受神明的沐浴，以使我们负罪的灵魂得到救赎，使我们贪得的欲望于月光里得以稀释，让高尚与简单得以重生。

看看，月光下的马，线条多么简洁优美，又多么富有帝王般的尊贵。

我半躺在草地上，用一只手托着被月光轻抚的脸，任由种种美好的感知在内心的湖水中泛起层层涟漪。

围栏

一大早,帮邻居巴根那给草场圈围栏。

这块草场,大概有近八百亩。时下,正是秋草成熟的季节,尽管今年遭遇了严重的干旱,但一眼望去,整个草场看起来依然生机蓬勃。

巴根那看着眼前这片终没有被干旱彻底摧毁的草场,情不自禁地感叹:"还行啊,应该能出六七十捆草吧?"

按照今年的行情,一捆草从外面买来运到草地上,最少得240元左右。这样来算,60捆草价值近1.5万元。听了巴根那的感慨,我内心也不由感到高兴。对于牧民来说,一片草场,就像农民眼里的麦田,是希望,也是维系生活的保障。一切看起来像上天在左右最后的结果，人们只能处于被动的状态。从某些方面来看，这是人们脆弱的一面，但大自然似乎总是以种种喜忧参半的方式给他们以生存和生活的快乐与痛苦。庆幸的是，大自然似乎从来不会真正地抛弃这群人，只是用她的智慧，恰到好处地平衡着她眼里这些众生的喜怒哀乐，以及繁衍生息。

近些年，大部分草原被划归为专用领地。原本牧民游牧的生活也都渐渐稳定下来，并且逐渐有了固定的家园。许多地方可见的蒙古包，如今大多作为牧民的仓库和厨房，而不再是作为游牧生活中最为重要的流动居所。与此同时，原本一望无际、畅通无阻的草原也渐渐被一道道铁丝围栏隔离开来，以明确这是一块专用领地，意味着不容任何人畜侵犯。

当下，直线达两千米的围栏，是摆在我们面前实实在在的工作。巴根那虽然使尽他的聪明才智，但当我们在他的指挥下以间隔10米左右打下桩，并把一捆200米长、1米高左右的铁丝网慢慢固定时，我们的努力并没有得到预期的目标。当工作还没有进展到一半的时候，本该呈直线的围栏，被我们搭建得歪歪扭扭，简直丑陋不堪。无奈之下，巴根那只得打电话求助他的弟弟哪萨过来当我们的总工程师。

果然，在哪萨富有经验的目测、定位和引导下，我们的工作简直有如神助，进展得一帆风顺。

将近日落时分，两千米长的围栏在我们欣赏的眼光下，像一把尺子在草地上呈现出一条笔直的银线。

令人欣慰！

有一阵子,我感觉整个身体没有一处不发酸、不发困的,但这份呈现在眼前的劳动成果,以一种极好的药效使得内心滋生出种种愉悦的情绪。

我们怀着胜利的喜悦,被拖拉机载着一身的疲惫颠簸在夕阳的余晖里。经过泡子的时候,整个水面像在燃烧。众多的野鸭、鸿雁以及大雁一群群地浮游在这片火焰之间,像是在举行着一场盛大的舞会。

天空之上,数百只乌鸦成群结队地飞往东边森林的栖息地。它们是一群天空的舞者,披着夕阳绚丽的长袍。它们欢呼着,如是对水面上正在进行的表演发出不屑的嘘声。它们那样骄傲地飞翔着,扇动着被夕阳镶了金边的翅膀,热情高涨,仿佛要和水中的舞者做

恰逢秋草成熟

一番比试。

其实,草原总是不止一次地呈现着这样的盛况。但每一次欣赏,又都是新鲜的,仿佛是一幕幕从不会重复的剧情。

小小的坡尔德,仿佛是大自然巨大的藏经阁。我们永远无法阅尽它深藏的内容,也无法预知它会在明天呈现出怎样一种迷人的景象。在自然面前,我们总显得浅薄而无知。对于大自然亿万斯年积累的智慧和经验,我们知之甚少。作为一生只能生存几十年的人类来说,对自然奥秘的探究和感知是如此的有限,但自然世界对于孤傲的人类来说仍抱有眷顾和情深。

或许,我们一生受恩于自然的恩惠,要远远多于来自人类自身的科技创造和文明延续带来的好处。遗憾的是,我们总是习惯以狭隘的眼光,自作聪明地企图改变和掌控这个世界原本的规律和固有的平衡。结果,我们输得一败涂地。这个所谓最好的时代,人类面临的也是一个个充满潜在危险的可怕时代。

这几天,因为扎围栏,我和巴根那就围栏的话题有过不少的交流。其实,多数牧民对这种用围栏圈地的方式并不十分认同。

早些年,在草地还没有被"圈养"的时候,大部分地方的草原都呈现出一派野性的繁华景象。即使草地"圈养"后很长一段时间里,牧民们依然遵循着先辈们游牧的生活方式。游牧的好处在于,随着牧民不停地搬迁和转换牧场,暂时闲下来的草地,便有足够的时间来恢复元气,以便在不久的将来又能以一次繁华茂盛的情景来迎接转场归来的牧民和疲惫且欢快的牛群、羊群。先辈们遵循自然规则的生存方式,让一代代牧民早已有所领悟。不断的转场,就是让草原永远保持她旺盛的生命力和不失平衡的荣枯规律。

牧民们讲，早些年，随便走到哪里，都有没膝的旺草遍及四处，齐腰高的草场也是随处可遇。多少年来，从没听说过牧民还得花钱买草。那些年，牧民也不会养太多的牛羊，但是生活看起来都还殷实富有。游牧生活难免艰辛和劳苦，但这种辛苦的背后，换来的却是草原连年的旺盛和与人畜保持和谐共存的安宁。游牧，使每一片草地都有喘息和恢复元气的机会，人会劳累，草原和大地也会劳累。

如今，实现定居以后的牧民，一年四季只能在固定的区域放牧、打草，加之现在的牧民，总贪图养更多的牛羊，希望获得更多的利益，甚至有的牧民不惜贷款去贸然投资。结果是，草地在超负荷的重压下不断退化、沙化，最终导致整个区域的生态严重失衡，甚至连气候也受到极大的影响而变化无常。

过度养殖，不仅远远超出了草原原本所能承载的最大负重，而且极大增加了牧民的负担和风险。贪得又自作聪明的人，终于以最后一根稻草把草原压垮了。遍地都是铁丝围栏的草原，再也没有能挡住狂风肆虐的旺草和植被，连年干燥少雨的气候，也像是草原对世人发出的黄色预警。

如今，原本一望无际充满生机的草原，显得伤痕累累，或干脆被大片大片荒凉的沙漠所取代。有些地方，虽然还勉强可称之为草原，但生长在那里的草，明显营养不良，广阔的荒凉让人触目惊心，又难免心生疼惜。

巴根那讲，现在有不少牧民每年的收入连银行贷款的利息都付

用追马的时间去播撒草种,等到春暖花开的时候,会有一匹骏马任你挑选。

不起,更不要说生活多么富足了。从表面看,貌似一些人家牛羊成群,规模庞大。但能真正盈利的却不是很多。加上这几年连年的干旱,很多牧民已经负债累累,到了资不抵债的地步。比之那些年每家只养十几头牛就能把日子过得殷实而富足的牧民来说,今天那些养着几十甚至几百头牛的牧民却没有了那样的福分。

每当和牧民们一起回想早些年的草原风貌以及游牧生活时,他们的言语里充满了对过去的怀念和对当下的担忧。他们祖祖辈辈生活在草原上,他们其实最懂得应该用怎样的方式和草原保持亲近和谐的关系。但是,他们又很难抵挡一个时代外力的影响。他们一边安于现状暂且享受着定居的安逸,一边又不得不对眼下草原和人们生活之间所存在的矛盾和冲突充满了担忧。

有时候，我竟然能听到牧民因为对当前草地所遭遇的严峻形势而发出这样的感慨："这是报应啊，这是草原之神对人们贪得无厌的惩罚！"

因为连年的干旱，巴根那在去年卖掉羊群以后，今年又卖了一部分牛，即便几块草甸子勉强打了上百捆草，但他还是不得不又买了几万块钱的草作为冬天的储备。

这几年，牧民买草已成为习惯，也没有谁再把面前这样的大事当作笑料了。

据说，有些地方的牧民正在拆去草地上的围栏，然后把村里的牛羊集中起来一起放牧，以便恢复那种游牧的方式而确保草地不再遭受致命的破坏。不难看出，大自然又一次让人们明白，有些路是行不通的。虽然我们对大自然知之甚少，但是，只要你谦逊认真地向她学习和讨教，并遵循她的游戏规则，我们一定会得到她慷慨的馈赠和友好的呵护。

贪婪，不光会对人类自身造成莫大的伤害，对自然也是，而自然给予人类的惩罚也会是致命的。

但愿，用不了多久，我又会听到奥拉打来的电话，话筒里还是那种不容你推辞的语气："今天帮巴根那去拆围栏。"

雁来雁去

河上漂流

一

第一眼看到辉河,是在2013年的六月。

时值仲夏,草原上开满花朵,色彩斑斓的蝴蝶在花丛中上下翻飞,像在游乐场里玩耍一般;天空堆满形状各异的云,一团团、一簇簇,像盛开的棉花;一群马站在泡子的浅水处甩着尾巴,低头沉迷在水面上的倒影里。

辉河就从这里流过。

幽深的河水安静地流过草原低处两边镶着芦苇、红柳和灌木的河床,几乎没有声息,仿佛羞于言说的牧羊姑娘。

人一旦遇上喜欢的河流，像遇到怦然心动的那个她。那一刻，我忽然萌生了想划着独木舟去漂流辉河的愿望。

2014年，几经周折，我从两千多公里外的陕北带了一只橡皮艇到草原，希望完成一次河上之旅。但计划一直被搁置。直到前两天，我才有幸让冲动了好几年的梦，在八月的草原上如野百合绽放开来。

这条河流，我是熟悉的，但又是陌生的。

有关它的源头以及最终投入伊敏河的信息，我已做过了解。虽然这和我的漂流并没有什么直接关系，我还是觉得，用心解读一条河流的故事，是必要、也是令人愉快的事。

近些年，由于连年干旱，加上不法商贩的过度捕捞，辉河已略显疲惫和乏力。前些年随处可见十多斤的大鲇鱼，已难寻踪迹。河水也不如以往充沛，水深处不过一米左右，浅水处只有十几厘米，但它总归还是一条神秘的河流。

我为这次漂流，做足了准备：户外炉具、刀具、椅子、井水、烟、挂面、黄瓜、西红柿、鸡蛋、方便面、雨衣、笔记本、渔网，甚至还带了一桶散装白酒。

我带了三个打火机，还带了一把多余的刀。这一路上没有小卖部、旅店，也不会遇到几个人。因此，前期准备尽管烦琐，但对第一次独自漂流的旅程多做些筹备工作却是必要的。

漂流辉河，令人期待的旅行！

这天，邻居开车把我送到辉河上游的一个地方，我的漂流之旅将从这里开始。

当他开车渐渐消失在森林中，周遭顿时显得异常安静。空气都凝滞了。这里密布着无数高大茂盛的樟子松，有少量的白桦树点缀在林间。我不时能听到狍子的叫声在林中回荡，间或有鸟鸣在林中萦绕，如此却使这寂静更浓了。

我第一次尝试漂流，觉得多少应该有点仪式感。我把三脚架放在河岸上，用相机留下了我推船下水的一刻。

站在河流的浅水处，我感受着水流在膝盖以下制造的清凉。一个人出现在这样的地方，就像一滴水落入海洋，惊不起一丝涟漪。除我之外，这里看不到一个人，也没有水泥钢筋筑起的高楼大厦，没有街头熙攘的人群和汽车马达声混合的喧嚣；这里看不到一张狰狞的面孔，也听不到阿谀奉承的戏言；这里没有职场，没有官场，

漂流辉河，令人期待的旅行！

没有霓虹灯闪烁的妩媚迷离……这里，只有清清的河水、茂盛的芦苇、蓝色的天空、雪白的云朵和野菊花灿烂的微笑……

我摇着桨，缓缓把小船划向河中央，徐徐凉风迎面吹来，好像大自然用特殊的方式在欢迎我。

我摇着双桨，感觉像扇动着翅膀在尝试飞翔，因为初次漂流，内心难免有些紧张，但更多的是激动。

河面上的风更大了，吹得我头发乱飞。在我还不能十分娴熟地划动双桨时，船桨激起的流水声却十分悦耳，像两位顶级音乐大师联袂演奏的荒野之曲。想想，我能在荒野中听到这样的音乐，付出多大的努力都是值得的。

有时我不用划桨，任由小船漂在水上，旋转着，有时船头向南，转一圈又朝向北边的森林。船在水中旋转的时候，远处的森林在旋转，近处的芦苇和灌木丛在旋转，天空和云也在旋转……视野中的一切，在流水的伴奏下跳着优雅的圆舞曲，还不时有野鸭、蓑羽鹤、灰喜鹊、鹡鸰和绿头鸭发出一阵阵的欢呼声。

我融身于自然的声息中，感觉这里才是世界上最美丽的地方。

从上游下水，我已漂了近四个小时，一切还算顺利。河流两岸景色旖旎，给我的旅行增添着秋色的多彩。

明媚的阳光关照着两岸的树木，也关照着我暗自喜悦的心情。流水像一条光滑柔软的绸缎，让人的心思在这缎质的纤柔里得以完全放松。预想中的艰难，因总能遇到触动心灵的美景而打尽了折扣。

起初的兴奋和激动已渐渐平静下来，就像牧归的牛羊在夜幕中走向棚圈，纷飞的落叶在静谧中归于大地。而我，被一条恍若寺庙般幽静的河流带进了万籁俱静的时空。我能意识到，此刻透明的心境是如何因那些生动的漩涡、摇荡的芦苇以及天空翱翔的鹰而泛起阵阵涟漪。我收获着一路的惊喜。

很多时候，人难得有一方真正属于自己的宁静之地，且总是暴露在社会和众人的监督和困扰间，以迎合的姿态迁就着生活。那个真实的自己被隐藏在俗世的纷扰下艰难度日，久而久之，甚至忘了自己的存在。此刻，我正被一条河流抛下的渔线，从枯燥的生活中钓了起来。我躺在船上，任凭流水将我带向草原、森林、荒野，那是河流撒给我的诱饵。

期间，我曾不止一次惊扰到河水上游荡的野鸭和它们一群牙牙学语的孩子。船桨划动的声音往往会让它们高度警觉又慌乱不堪，尤其是突然出现的怪物似的橡皮艇，更是让它们不知所措。

好几次，我看到受到惊吓的野鸭带着它幼小的孩子们惊慌失措地在寻找着安全的藏身之处。有时三两只、五六只排成一长串跟在父母身后像急速行驶的小火车，很快隐入红柳和芦苇的掩体里。有时，在躲避危险的过程中，它们的父母会有一只突然离开队伍，以落单者或假装受伤的状态迷惑我，以此引开我的注意力，让它的家人免遭侵袭。它会故意暴露在离我不足十几米的地方，扑腾着翅膀，做着各种滑稽的表演。它总是与我保持着一定距离，并且以Z字形的线路不紧不慢地游动着，以确保我被它的表演迷惑了，仿佛我不费吹灰之力就能轻易抓到它。其实，那只是我的妄想。这种表演一般会持续三两分钟，当它得到某种信号并确认在它的掩护下小鸭们已藏身到安全之地时，才会突然振作起来，有如神助般地从水面上扑腾着翅膀，随着起飞助跑时溅起的一串水花飞向远处。

　　这样的表演，确切地说应该是为生存的表演，途中我遇到好几次。我可以把这当作是游戏或表演，但当它们真正遇到天敌时，就成了一种生死法则，有很多鸟类为了家庭和孩子的安全在这样的生存游戏中失去了生命。所以，每一种生命，都是伟大的，都值得被敬畏。

　　时下，两岸的树木已向着秋天的色彩过度，淡红、浅黄、灰褐色在不同的植物上已经落下脚步。林木虽然少了盛夏的苍绿，但却更为绚丽。这是色彩的蜕变，也是色彩的轮回，四季每一次华丽转身，都足以展现生命的惊艳。

　　正胡思乱想着，两只大雁扑嗒嗒扇动着翅膀，一跃从芦苇中飞窜出来。它们体型庞大且笨重，能听到那对巨大有力的翅膀在扇动时发出呼呼呼的声音。它们鸣叫着，飞过我的头顶，声音中充满被惊吓的唏嘘，又仿佛是对一个不速之客的闯入表示愤慨。它们飞翔的姿态优雅舒展，修长的颈部努力向前伸着，像表达着某种坚强的意志；一对脚蹼，像飞机起降轮架一样收缩在身体下后方，显得飞翔更为流畅。

　　记忆中，它是我在陕北高原见过的最大的候鸟，给我的童年留下过美丽而清晰的印迹。来到草原，我才有幸近距离看到它们的身影——一幅农夫般我喜欢的样子。

　　时下，秋色初现，轻风微凉。河流两岸的稠李子、山丁子和野山楂已开始以各种方式展示它们丰硕的果实了。山丁子树，树形矮小、不修边幅，在丛林中最不善于控制身材，但这样的缺陷并没有影响它们出落得枝繁叶茂。那些繁乱疯癫的枝梢上，挂满了密集饱满的红珍珠，倒也洋气十足。稠李子树明显讲究多了，树形修长优美，果实呈黑天鹅般的纯黑色，一副富贵相。野山楂的树叶有着手工布纹的质感，总让人想伸手触摸。有时手里攥着这样一枚树叶，会不由想起老祖母戴着花镜在炕头上织布的情景。

行船中，我不用费力就可顺手摘到这些野果，然后半躺在船上，慢慢品尝这些自然的馈赠。

半天的漂流后，我上岸吃了简单的午餐。

坐在山丁子树下，我嚼着昨天准备好的烙饼，感觉比在屋子里吃饭舒爽多了。我顺手摘了几颗野果吃，有些酸涩，但令人满意。对于行走在路上的人来说，还有什么能比野果带给味觉的知足更享

当船桨划破水面，我与辉河两岸的生灵不期而遇。

受呢？

当船桨再次划破水面时，午后的阳光正在水面上闪耀着金色的波光。行至河中央，我收起桨，任由小船在梦境般的斑驳光影中随意漂流。

草原的河流，平缓幽静，几乎没有明显的落差。有时我甚至闭着眼半躺在船上，任想象自由畅游，或者干脆什么都不想。

有时我也会手忙脚乱。遇到河床十分狭窄的地方，水流会紧一些，虽然我已基本能熟练驾驭小船了，可遇到激流和狭窄河床的拐弯处，小船有时也会失控，虽然我早有准备，提前就用力划桨以避免小船被激流冲向岸边的芦苇和柳树丛，但我的努力往往拗不过偏激的水流。有四五次，小船明显已失去控制，我索性收起双桨，任由水流把我带向我本不想去的地方。好在河水并不深，岸边也多是茂密的芦苇和柔软的红柳，并不会对橡皮艇造成什么破坏。因此，我大可不必担心。但有一次，却把藏在芦苇中的一群野鸭给吓坏了，幸好没有造成事故，但我听到了野鸭惊魂未定的叫声里充斥着对我这个肇事者的谴责。

有好几次，我的出现，让正站在浅水处乘凉的牛群怔怔地待在那里不知所措，几秒钟后，它们才反应过来，随一转头，翘着尾巴，蹚着水花向着岸边狂奔而去。

我还惊扰到一群上百匹的马。我出现的时候，它们正站在距我五六十米远的下游处，一边甩着尾巴驱打蚊蝇，一边不停地上下晃着脑袋。马虽然英俊高大，却十分胆小，容易受到惊吓。当我眼前忽然出现这么壮观的马群时，我很想急于停下船，拍几张照片。可当我忙乱地跳入水中，拉住船拿出手机时，马群显然已受到惊吓，它们先是集体朝我的方向跑过来，河水立刻乱作一团，水花四溅。几秒钟后，马群忽然转头向下游跑去，原来靠近我的河岸两边都是一米多高垂直的沙岸，马群显然意识到这里是无法登陆的，便朝着下游狂奔。我的忙乱加上马群的慌乱，使这本来静谧的地方顿时沸腾起来。当我回过神来，马群早已从下游的缓坡处抵达了岸上，但它们并没有走远，齐刷刷站在岸边的高处向我观望。

一切又恢复了平静，只有漂在河上的我被岸上的一群马好奇地围观着。在它们眼里，我显然是个异类。想想也是，这些马匹对这里的一草一木远比我熟悉，这是属于它们的世界。我的闯入，显然打破了它们惯常的视野。

被一群马围观，倒也是有趣的事。

漂流十个小时候以后，我决定宿营。这里有一片上好的沙滩，地势平坦开阔。如果在隐秘偏僻的地方扎营，我会不经意地想到草原狼，我可不想在睡梦中被一群狼围观。

将船拖上岸，搭好帐篷，已是晚上七点多。天边的明月没有按照我的预期赴约，因为星云很厚，遮蔽了我想象中本该升起的满月。

这一天，在漂流中没有遇到一个人，也没和谁说过一句话。当我坐在沙滩上吃着方便面、就着野果时，我并没有觉得孤单。

沙滩十分干净，有差不多一个篮球场那么大。河对面，是一块开阔平展的草原。夕阳下，有牛群缓慢地向河流走来，喝完水后，每头牛都驮着一片绚丽的晚霞悠闲地没入草原深处。期间，也有一群马来喝水，四五十匹。秋天正是马匹上膘的时节，因此，无论是体形健壮的大马，还是淘气调皮的小马驹，都各各肌腱肥壮、毛色光亮。

　　我喜欢马，觉得它们就是美的化身。无论慢步、奔跑，还是静静地站立，都显现出一种高贵的气质。这是许多动物无法与之媲美的。马不只具有一种特殊的内在气质，它还是力量的象征。当它们如迅疾的旋风驰骋在大地上时，那种豪迈和剽悍所展现出的英雄般的壮美具有史诗般的宏大气场。

　　据说，人类是从跃上马背的那刻，才进入了一种新的文明。遗憾的是，这种天生尤物在和人类一起征战相惜了千百年后，新的文明和发达的工业正在将它们驱离文明的核心。即便草原还能给它们提供优越的生存之地，但据我所知，这些马早已没有了被人们视为亲人或英雄般的待遇，在失去实际使用功效以后，它们的命运和被赶进屠宰场牛羊的命运一样，已经成为人们餐桌上的美味或市场上的利益。

　　很多被屠宰的马，被一些唯利是图的聪明人加工后充当卖价更高的驴肉卖给商家，送进了人们已经功能严重退化的肠胃。

　　这是一个残酷又荒诞的事实。

　　搭好帐篷，夜幕缓缓降临。西边天际最后一道金色的光亮慢慢变成了橘红色。最后，一条淡红色的细线被一片巨大的青黑色完全吞噬了。

　　我坐在沙滩上，赤着脚，觉得身体有些凉意，但脚底下的沙子却温热怡人。肚子有些饿，咕咕地叫，但我暂时正沉醉于这暮色的壮丽中，并没有打算准备晚餐……

人生，无非是身体和精神都要获取营养，才能使其成为真正的人生。但新的时代，正在使生命的天平趋向倾斜。

光临大自然的人越来越少，人们都向着城市集中，远离炊烟和土地。这种进程，似乎并不合乎自然的发展规律，可谁会在乎呢？

我坐在沙滩上，流水在身边低声吟唱，虫鸣悠扬的合唱让人想拍手鼓掌。当下，虫子的歌声之于大自然来说，才是重要的，这声音传递出对季节的回应，是在自然的教堂里所唱的赞美诗。在这里，一块石头、一粒沙子、一滴水……都比我重要。它们是构成当下世界的完美元素，已经在这里存在了十年、百年，或更长的时间。而我，只是个临时过客，是无意中参与到它们中间的无关紧要的事物，相比来说，它们比我更有权利拥有这深沉的夜色、空气和风。野鸭比我更有资格拥有这条河流，狍子和狼比我更有权利拥有河畔的树林……

因此，我应该感谢它们在这里能慷慨地给我腾出一方空间，供我小憩；感谢它们呈上鲜美的浆果、鸟啼、虫鸣，还有隐现的星光和明月……这都是大自然对一个旅行者的恩赐。

按预想，今晚应该明月当空。我有意选择在农历十四出发，就是为了能在漂流的过程中，一路上能有月光相伴以驱离我对黑夜的恐惧。遗憾的是，我的计划落空了，但有更多的收获填补了这份遗憾。

我在帐篷外的三脚架上挂了一盏灯，灯光微弱，相比庞大的黑夜它就像一只小小的萤火虫，但这光亮还是鼓舞了我，我给自己倒了一杯酒慢慢品饮。

忽然想起顾城的诗句:"黑夜给了我黑色的眼睛,我却用它寻找光明……"

我已渐渐释然了内心对黑夜的恐惧。虽不时会有一些鸟唐突地发出一两声幽怨的哀鸣,这样说,是因为它们的声音听来和白天欢快的啁啾和啼鸣有很大的不同。这可能取决于我聆听的心态。我几乎忘了白天漂流的经历,只沉迷在这漆黑宁静的世界里,感受着身心彻底的自由和黑夜营造出的不可言说的孤独。

干了杯中的酒,我站起身在黑夜里长长地伸了一个懒腰,随仰头向着天空狼一样发出一声长啸。声音久久地回荡在夜色里,那是我的声音吗?我已经很久不敢在我处处在意的人类世界,发出过如此自由而放纵的嚎叫了。

这一刻,黑夜仿佛唤醒并恢复了我生来便具有的野性。

二

昨夜睡得很晚,一睁眼,已是凌晨五点。

钻出帐篷,太阳已高悬在天空,天地浩大,一片辉煌。

我光着脚去散步,流水声清晰可闻,偶尔有聚散的漩涡发出汩汩的声音流过耳畔,这声音像自远古而来。河边的芦苇在风中轻轻地摇曳,柔软的腰身在流水的伴奏下显现出舞者迷人的身段。不远处,两只野鸭带着一家人在芦苇间出入浮游,捉迷藏一样。有时三五只,有时七八只,排成不规则的队形,这是它们新一天生活的开端,我投以羡慕的目光。这时候,我会保持绝对的安静,和清晨自然的静谧和谐一致，似乎任何的过激活动都会显得过于鲁莽，尽管我已十分小心了，还是惊扰了草丛里两只享用早餐的兔子，它们慌张地从我的脚下跳出来，转瞬间就消失了。

一阵风吹过，河面上泛起了微澜，像风吹起一道道皱褶，之后，又恢复了平静，风似乎并没有从这里路过，河面上只有阳光闪耀。

这样的地方，适合遗忘。或完全可以幼稚、单纯、笨拙一些……聪明在这样的地方几乎没有用处，且会阻碍你和一片荒野的沟通和亲近。你越是单纯，你越会在一朵野菊花里找到秘密，在青蛙的眼睛里发现生命的光亮。你可以打着赤脚暂且脱离皮革的束缚，放弃所谓对品牌的纠结，然后，享受沙土的按摩。即便你做出

坐在沙滩上，流水在身边低声吟唱，虫鸣悠扬的合唱让人想拍手鼓掌。

类似小孩子一些幼稚的行为，也没有什么不妥。这一刻的世界本身就是单纯的。如刚刚诞生的新世界，你也会有重生的感觉，仿佛一切都刚刚开始。这多么像一个美丽的梦境。

我看见几十匹马朝着河边慢跑而来，十几只野鸽子从马群上方快速地飞过。多么和谐而动人的一幕。我的小船静静地泊在岸边，此时看去，也是一道独特的风景。

我穿了布鞋，踏着细软的草地向着一片灌木林走去，那里有我需要的早餐——野果。

我很快就发现了隐秘在树叶间又异常醒目的野山楂、稠李子和一颗颗鲜红的山丁子。

采摘野果，是一件愉快而轻松的事情。你能想象我盯着野果的目光，一定像贪吃的孩子一样，眼睛里充满了喜悦和按捺不住的幸福。

没多久，我便满载而归。

正当我享用早餐时，耳边飘来一阵悠扬的歌声。循声望去，一位牧民正骑着马向河边走来。伴随着清晰的马蹄声，很快，这位骑手已来到了河边。

马低头喝着水，马背上的人，一边抽着烟，一边安静地打量着对岸的我。我猜测，他有三十多岁，一副典型的草原人英俊彪悍的形象。

我起身走向河边，隔着河向他问好。

他很快报以回应。

他告诉我河里有鲇鱼和滑子，可以用青蛙做诱饵下懒钩，也可以在水流平缓的地方下挂子（渔网）。我不善钓鱼，庆幸自己带了一张破旧的渔网。接着话题，这位牧民热心地告诉我有关网鱼的经验。他一边讲，一边用手给我比画着哪些地方适合下网，哪些地方能网到大鱼，哪些地方适合下鱼钩……看来他对此地河流的熟悉，如同他对自己骑的黑马一样熟悉。

我们聊得很愉快。

我已经有一天多没和人说话了。我很乐意在这样的地方，和一位牧民聊聊眼前的这条河流、这群牛羊或是牧草的长势……我热情地应接着他的话题。他对我的帐篷和橡皮艇同样充满兴趣，我们聊了有半个多时辰。之后，他骑着马慢慢消失在了我的视野中。

他走了很远了，一首"父亲的草原母亲的河"的歌曲声还在风中回荡。苍茫的草原上，他骑马的身影显得渺小孤单，但却让我羡慕。他的身上仿佛带着一种与生俱来的豪迈气质和英雄气魄。望着他的背影，感觉他已和草原以及那首歌融为了一体。

他的心里，一定住着神灵。

有一阵子，我不知道接下来该做什么，收拾行装，继续启程？还是该听从牧民善意的提醒，在水流平缓的地方下张网，坐等收获的喜悦。

我并没有什么急需要赶赴的行程，也不知道下次上岸会在什么地方。我犹豫着，是否应该在这个地方继续待一天。

一个人，一条河，一片干净的沙滩……还有哪里能比这里更适合安放身体和灵魂呢？

我临时改变计划，决定继续留在这里。

我找出渔网，下水布置陷阱，仿佛新的生活刚刚开始。

这一天，过得轻松而愉快。

我躺在沙滩上看书、喝茶，并给河边饮水的牛群拍肖像；我反复查看是否有鱼进入了我设置的圈套，虽然每次都不能如愿，但却不会因失望而懊恼。

晚上七点多，再次去看网，这次颇有收获。网上粘了一条白生生的滑子——一条小鱼，不足十厘米长。

打量一番后，我觉得鱼实在太小，甚至不足炖一碗鱼汤，索性直接放回了辉河。

这一晚，我睡得很踏实。

三

清晨六点，听到河水一阵哗啦啦响动，撩起帐篷的一角看去，只见一群马正在涉过齐腰深的河水，向我这边的岸边涌来。它们大概有十五六匹，像一团跳跃的火焰。随着马群的欢腾，河水被惊扰了，汹涌着，波动着，浪花飞溅，发出一阵阵不安的躁动。

这惊心动魄的一幕，显然来得有些意外，但很快马群就消失在一片灌木林中，河流又回复了平静，仿佛被撕裂的水面很快就愈合了，且没留下任何伤痕。

想想，我该出发了。

虽然这片诱人的沙滩让人留恋，可这里的一切并不属于我。植物和虫子，包括河流中的野鸭、大雁或者老头鱼才应该是这里真正的主人。我只希望，我的出现并没有打乱这里固有的和谐，不曾引起一棵野山楂的反感，也没有让一群惊慌的野鸭受到真正的危险和伤害。

我得感谢它们慷慨地接纳了我，分给我朝霞和夕照，容我在星空下，感受真正的孤独带给生命的从容。感谢它们的欢迎晚宴，感谢狍子在林子深处所致的欢迎词，感谢草原莺略带忧伤的歌声，感谢粘在一条网上的鱼带给我惊喜，也感谢放生后的它在水中带给我心灵的安慰和知足。

当船桨再次回应着我的意愿开始推着小船前行时，哦——两岸的风景多么安静迷人！

在经历一次次的遇见和相处之后，我已获得自然声息的浸润和鼓舞。记忆会凝固成一粒粒钻石镶嵌在生命和灵魂之间，让我的漂流之旅充满了阳光般的明媚和鲜亮。

一个人出行的好处在于，可以拥有完全的自由。你可以随时改变计划，甚至让脚步更为缓慢一些，说懒惰也不过分。不用着急去应付某个宴会或者商业上的洽谈，你可以忽略车轮疾驰的节奏，大赦对更大更好住房奢望的焦躁……让自己像树叶上的虫子，慵懒地晒着太阳，呼吸着风吹来绿草的清香。

梭罗说：信念和经验使我深信，在这个世界上，只要我们过简朴明智的生活，养活自己并不是件苦差事，而是消遣。正如较为纯朴的民族从事的工作，对于崇尚人造物质的民族只是娱乐而已。人并不需要满头大汗才能养活自己，除非他比我更容易出汗。

此刻，我所能支配的时间和精力是如此的和谐统一，没有矛盾，也没有争执。草地上的蒲公英，像大地脸上的微笑，让我有一种想回以微笑的真诚和意愿。在这里，你可以在任何事物里发现新的美好，一只甲虫、一片芦苇、一只在河水中洗浴的喜鹊……都能让你的视线变得温柔而清澈，从而觉得你也是这些美好中的一部分。你总是愿意保持微笑，是因为，世界也对着你微笑。

的确，生存并不是一件十分困难的事情。困难的是，我们如何能卸下心头过多的欲望，发现简朴生活中的熠熠光辉。

约翰·缪尔在他的文章里写道：这个世界可能令我们失望，市场可能崩溃，交通可能停顿。但是只要有一把好的斧头在手，再加上一把枪、一张网和几个捕兽陷阱……生活便将以那种古老、率直的方式持续下去。

在我看来，缪尔所说的不单单是几件原始的生活工具，而更在于一种生活的意识和信念。

我们不妨找个安静的地方，一条河流边，或一片不大的小树林，静下心想一想。我们是否真正爱过这个世界；是否真心爱过想爱的人；是不是真正给过自己一点权力，让灵魂做一次抉择。我们目前的生活，是不是自己真正喜欢且不受物质左右的率性的生活，抑或是忽视世人毫无意义的评判和少有攀比的平淡幸福的生活……

事实上，生命留给我们每个人寻找自我的时间并不多。若是认定要随波逐流，那时间对你来说则毫无意义，因为一天和一辈子已没有什么区别。

哦，还是回到河上吧！

我继续顺流而下。这会儿，云层稀薄，像一层透明的薄纱。阳光洒向河面，像心血来潮的艺术家，把沸腾的创作欲望化作万千闪烁的光斑和金色的波浪，让整个河流呈现出艺术品一般永恒的灿烂。在这样的杰作面前，我显得如此笨拙、愚钝、反应迟缓，甚至尴尬得想不出一个可以描述的词语。但是，我并没有觉得有什么丢人之处，因为，之于自然的创作，整个人类的艺术创作还处于懵懂阶段。作为一个普通人，我又何必为此感到惭愧呢？

在水流平缓，河床宽阔的地方，我往往会收起双桨，靠着放在船尾的旅行包闭目养神。我听到收起的船桨上有水珠滴入河水时发出滴答滴答的声音。那声音让人陶醉，让人昏昏欲睡。那声音仿佛来自天外，又那么清晰，触动人心。这是任何乐器都无法演奏和模仿的声音，犹如恋人的耳语直抵内心。

这一路上，几乎没有看到任何房舍以及蓝色或红色的屋顶，这简直是趟完美的旅行，只在大自然的通道里自由前行。

中午时分，我在一片开满九月菊的草地上烹饪午餐。我在河边采些野果，煮了方便面。这种野餐的方式，不仅让人觉得自由浪漫，有时会产生对自然的感激之情。食用野生浆果，不只品尝到了新鲜果实的味道，也让人更加理解自然之于万物的深情厚谊。

经历过七个小时的漂流后，眼前的景物变得熟悉起来。一个接近300度的河流大转弯、茂密丛生的灌木林还有那如机场一样平坦的河岸……这些熟悉的场景，正是我常去散步的地方。也就是说，我已漂到了家门口。

我在此前给河边铺了几块木板的那个所谓的港口上了岸，把船绳系在柳条上。这是我常来小坐的一处安静之地，放了快一年的折叠椅深陷在茂密的草叶里。一把铁锹，插在岸边的泥沙里，事实上，我已经很久没有使用了，铁锹的木柄经过一个夏天的风吹雨淋已变得有些发黑了。但它们依然能激活我的记忆，还原我修筑一个人的港口时的愉快心情，让我看到黄昏下坐在椅子上那个面对河流发呆的影子……如今，这里又多了一条靠岸的船，船上载着我的行李，载着我几天漂流的经历和无与伦比的成就感。

我坐在椅子上点了支烟，感受着周边草木熟悉的气息，我犹豫着，是继续漂流而下呢？还是就此卸下行李，回到距离河边不到四百步的小屋。

这是我此前没有想过的问题。

最终，我还是没有经得住近在咫尺的小屋的诱惑。我回家了。就像我没有经得住一片沙滩的诱惑，在那里安营扎寨一样。

简易港口

后来回想，我的选择显然是明智的。其实，很多时候，我们出行的目的并不是为了抵达，而是为了经历这个过程中种种未曾预料的相遇。这些遇见的事物，或多或少会带给我们不同于平时的感受，即便难免会遇到一些困难和坎坷，我们也值得将脚步毫不犹豫地迈出去。对于生活，我们应该抱有一种敢于尝试的意愿，让每一天都保持新鲜，而不是一味地重复，做着机械式的磨合。

之于自然，我们是无法征服的。甚至这种想法，本身就是无知和可笑的。我们只有和自然万物和睦相处、谦逊相待，我们才会在自然法则里受到青睐，并深受恩惠。

我是个不够严谨的人，但我喜欢在一种不够严谨的状态下选择更趋向自由轻松的旋律，无论于追求还是生活。

我完成了这次漂流，实现了当初的一个意愿。这和勇气、毅力无关，于我来说，这段漂流已经给了我所有想要的东西。

我背着行李向小屋走去，感觉像背着一块麦田。

捡蘑菇

坡尔德是偏僻之地，但对我来说是人间天堂。

八月中旬左右，如果恰逢一两场秋雨降临，各种蘑菇便会一夜之间从寂静的森林中冒出来。

白蘑、花脸蘑、土豆蘑和鸡血蘑（红蘑）等是林间常见的菌类，也是天然的美味。当地人对这些蘑菇的习性了如指掌，有时小雨还淅淅沥沥，已有人急不可耐地穿着雨衣、雨靴走进雨雾弥漫的森林，在林间草丛中仔细寻找这些宝贝。

我没有单独深入一片林子的勇气，但常会跟着邻居去捡蘑菇。即便这样，我也不敢由着性子在林子里随意走动。往往走几十步，就会左顾右盼寻找他们的身影，当确认他们在我的视线范围内，我才会放心地工作。但怕迷路的担忧常会影响我彻底放松地做事，这很耽误捡蘑菇的效率。相同时间里，邻居的袋子已鼓胀如孕妇的大肚子一样，我还提着干瘪口袋，难免有些沮丧。

当然，如果换一种心情对待，捡蘑菇完全是轻松愉快的事。

我采蘑菇的初衷很简单，并没有像别人一样要把这些天然菌类当作商品去买卖，我只把这件事情当作消遣，让自己成为这林子里的一部分。

在忽略了捡蘑菇本身这个行为以后，你才能从这个过程里发现更多因捡蘑菇带给身心的愉悦。你会发现，原来你走在枯草和落叶所精心编织的地毯上，闲云野鹤般轻松自在，那些镶嵌于林间草地上的图案，有着迷人的色彩和抽象的构成。你像漫步在艺术殿堂里，每棵树都有着绝美的造型，每颗落在地上的松果，都富含自然的秘密。有时，面对突然出现在眼前的一棵生长了三五百年的大树，你会不由得停下脚步，静静地欣赏一阵子。你的视线会从它裸露在地表上纵横交错的树根慢慢移向粗壮沧桑的树桩，然后围绕着庞大浓密的树冠一直伸入更高处的天空。随着视线的延伸和它提供给你的信息，你的内心会随之波动，由最初的惊喜到对一个古老生命的敬畏。这像在经历一场神圣的洗礼。暮然觉得，这棵横亘在几百年时光里的大树，正用它遒劲的枝干、粗粝的树皮以及暴露在风雨中龙须般的树根向你讲述着有关时间和生命的秘密。

风摇着树枝，发出嘎吱嘎吱的声响。这声音充满了韧劲和古琴般的苍凉。你只要愿意静静地凝视着它，五分钟，十分钟，或更长时间，你就会加深对自然的了解和喜爱。

通常，林子里的风总是很大。但无论多大的风，都让人觉得干净清新，没有一丝灰尘。间或会有鸟儿发出奇特的鸣叫，尾音一直回绕在森林上空。它们仿佛过于害羞，总是躲在隐秘的地方，让人难视其芳容。但这些悠扬的声音，给森林增添了旋律，仿佛每一片树叶和林间的花草，都因这优美的旋律摇曳着作为回应。

林子里星星点点的蘑菇，种类繁多。本地人尤其偏爱红蘑。这种菌类，虽然不是太名贵，但却对土壤有特殊的嗜好，尤其贪恋有樟子松的树林。除此之外，即便有再好的土壤，再古老的林子，再豪华的温室，也不是它们完美的生息地。对于樟子松来说，这可爱的菌类无疑是它最忠实的追随者。这是大自然的精心布局。

红蘑，还有一个更动听的名字，鸡血蘑。大概它的颜色和鸡血十分相似，故得其名。鸡血蘑，无论炒煮、煲汤，还是做馅，口感细腻滑润，色泽鲜亮如血，这让食客们对它偏爱有加。

进入林子，我的目光往往独对草丛中的鸡血蘑异常敏感。每每发现那种红褐色、类似喇叭形的红蘑，我的眼前就会一亮，接着立刻会引发内心的惊喜。拨开草丛，用拇指和食指钳子般夹住喇叭形底下的根茎，轻轻一提，这小巧的东西便半依半就地松开了土壤，很快成了我掌上的一份惊艳。轻轻抚去粘于其表面几片细软的草叶，再用指尖弹去根部的沙土，最后怀着如获至宝的愉悦将它轻轻放入柔软的袋子中。

这样的过程，短暂而美妙。

事实上，我对捡蘑菇的兴趣远胜于如何去烹饪和食用蘑菇。

捡蘑菇不是一件着急的事。得耐着性子，怀着美好的期待，一步一停地寻觅那些掩藏在草叶里的精灵。在森林的这片集市上,常常会有你意料不到的收获。

采蘑菇和采摘野果时,都会让人有种原始的仪式感。当我们用手触摸这些野生的菌类和野果时,那种知足的心理有别于你在超市里挑拣水果或食材时的感觉。采摘,让我们更直接地和食物有了某种关联,目光和色彩交流时产生的喜悦,触觉和质感接触时产生的肢体知觉,会唤醒"童心"的天真。不像我们面对着一堆商品,因关心食物的价格和色相,而忽略了食物自身带给人应有的热情。我们在市场成袋地买回面粉,看起来方便快捷,但我们内心却失去了面对一片麦田的感动和喜悦,失去了对它作为粮食的深情怀念。疏离让我们变得像一架冷血机器,不仅失去了视觉和味觉的敏感,也让我们对土地失去了信仰和敬畏。我们被先进的文明,抽离了原始的本能,让内心变得荒凉,听不到鸟鸣,也闻不到麦田里的气息。生活变成了交易,而不是亲身去参与和创造。快捷的方式,风化了人们和事物之间联系的纽带,阻断了我们从事物中缓慢汲取快乐的源泉。就像我们喝一瓶矿泉水时,失去了在山间峡谷里掬一捧泉水时的欢乐。我们已经缺失了太多与事物本身的联系,就连想象都几近枯竭殆尽了。虽然我们不能把有意无意的漠视当作是对生命和自然的背叛,但就我们的损失来说,是深远而巨大的。

同样是树上的果实,长在果园里的山楂果和长在荒野中的山楂果,带给我们采摘时的喜悦以及品尝时的味觉截然不同。我有过这样的体会。在我漂流辉河期间,我不止一次在河畔的树林里去采摘野山楂和山丁子之类的野果。同样是我们熟悉的颜色,但野果的红色，远比果园里的桃红更能诱发人的食欲和想象力，也更容易让人生发对自然的情感。这种发自内心的欢畅，从不会在熙熙攘攘的市场上出现。

采野果和采蘑菇这样的事，很容易让人上瘾。

后来，为了不给邻居添麻烦，我常冒险一个人走进林子去捡蘑菇。

怯于迷路，一般我只敢在林子周边活动。我有过迷路的经历。这些地方，虽然蘑菇会稀缺一些，但为此冒险深入林子导致迷路，是我不愿再尝试的。我宁可把采蘑菇这件事当作有益于身心的散步和消遣活动，也不愿为了能捡到更多的蘑菇去经历迷路的恐惧和无助。

有些事，经历一些尝试就够了。哪怕这些事看起来有利可图，但不要忘记，不是所有的事情都是你擅长的。从捡蘑菇这些事情上，我已深有体会。

感 恩

巴根那不仅是个慷慨的人,有时我发现,他还是个十分心细的人。

自从我有了自己的小屋后,他时不时地会打电话问我缺不缺这个,少不少那个。

细算起来,自2013年认识到现在的五年时间里,我在他们家前后住了大概有近三个月。虽然偶尔我也能帮忙做一些比如提水、赶牛等力所能及的事情,但多数时候,我除了吃饭、看书、写点日记和拍拍照片,似乎再也做不出有什么贡献的事情了。即便如此,我却并不把自己当个客人,或觉得有什么不自在。很难说清楚,我为什么会那么心安理得地享受原本和自己非亲非故的这一家人友好的款待。

记得最初认识他们的时候，是通过另外一个朋友才与他们结缘。我们之间相隔两千多公里，一家在偏远的陕北高原，一家在更偏远的草原深处。

最初接触这里，原本只是因为好奇，想借此一睹和陕北黄土高原截然不同的大草原的辽阔和秀丽，想多少了解一点有关草原的地域人文和牧民们的生活习俗。可我不曾料到，这有意无意间的一次出行，却让我在这片大草原上丢了魂魄。以至于此后每年，我都会独自远赴这个叫坡尔德的地方，寻找我也不知道遗失在这里的一些东西。

初次到访坡尔德，我们是被巴根那的媳妇奥拉当作未曾谋面的网友来招待的。令人惊奇的是，在这仅有的几天相处的时间里，原本那种陌生感却因为彼此间极度的坦诚和友好迅速地消失。我以为，这是广阔豁达的大草原的功劳，也是生活的功劳。

奥拉是个风风火火的人，性格里有西北风一样的耿直和豪爽。言来语去，总是语言简单，语气铿锵。她是个容易让人觉得亲切又可信任的人。最初几天的相处以后，我和同去的白先生很快就和这家人建立了一种温和坦诚、又似乎介于朋友和亲人间的那种亲切的关系。奥拉有时候会指示我们：去泡子边把咱家的牛赶回来；去看是不是有马群进了咱家的围栏……

其实，就一句有意无意的"咱家"就让人觉得，几千公里的距离一下被拉近了。仿佛你瞬间就嗅到了炊烟中缭绕的家的味道。你感觉自己在这个陌生的世界忽然有了一种真实的存在感，没有生疏的落寞，也没有作为不经意偶遇在人间的那种可有可无的淡漠的应付与寒暄。

生活有时候会让人不得不对整个世界充满怀疑，但有些时候，也会让人完全相信那些曾经令人质疑的美好的存在。这种偶尔的收获，也会增强我们的信心，鼓励我们去认同一度被我们淡漠的美好，去相信、同时也收获人世间诸多珍贵的情感和际遇。

如果我们相信这个世界一定存在某些纯净的东西，那么，当我们遇到的时候便不会因为怀疑而错失这份美好。反过来看，一个总是充满疑虑和怀疑美好的人，他失望的情绪就会主导或抑制着希望的萌芽，使其先在自己内心竖起一面虚设的隔离墙，就像给眼睛罩了一层薄膜，让他看不到事物真正透明的部分，以此错失他本该在生命里收获的许多美好的经历和体验。

爱默生在《友谊》一篇文章里说：我们的善意，用言辞表达出来的只是极少的一部分。除去那些如阴冷的东风般的自私之心，整个人类大家庭都沐浴在爱的温暖之中。有多少人，只和我们偶尔相遇，连话都没有怎么说，可我们却尊敬他们，他们也尊敬我们！又有多少人，只和我们在街头擦肩而过，或是在教堂中一同祈祷，我们虽然没说什么，但心里却为能和他们在一起而感到衷心的愉悦！

在诗歌和日常生活中，这种对别人的善念和满足之情常常被形象地比作火焰。这种心中的火焰燃烧得那么迅猛，甚至比真的火焰更迅猛，更有活力，也更能使人振奋。从痴情的爱恋到最不起眼的好意，这些爱心使生活变得甘甜如蜜……

显然，这位美国文艺复兴时期的精神领袖替我解开了心中的疑惑。这让我感到轻松和欣慰。

当有一天我决定要在坡尔德盖一间小屋，在临近辉河边的那片荒野上独处两年的时候，奥拉和巴根那多少感到有些意外。不过，凭着他们此前对我的了解，我的计划还是很快得到了他们的支持和鼎力帮助。

从小屋的选址与草地主人的协商，从去城镇买材料到巴根那亲自开着拖拉机和我一起拉沙子，从小屋里的液化气灶，甚至到锅碗瓢盆……这诸多的给予和默默的关心，不仅让我实现了自己童话般的梦，也让我在具体的生活中，收获了一笔巨大的精神和人情的财富。

我独居的初步阶段，在往来于和巴根那家近八公里的距离间，我小越野车的后备厢里，不是装满了从他们家柴火堆里挑拣的上好的木柴，就是奥拉用保鲜袋提早装好的酸菜、羊肉、牛肉，甚至洗锅的抹布和钢丝球之类的东西。

这些有价的物质，很多时候，已经被我们忽略掉了它具体的价值。我更愿意在每一个细微的章节里，在生活天平的一端，放上爱和感恩的砝码来衡量生命中收获的幸福的重量和人世的温情。

无论我在这片异乡的土地上会收获什么，这些收获也许来自这里湛蓝的天空、辽阔的草原、蜿蜒的河流和茂密的森林……但我确信，这所有的收获，都无法和我在这里与人收获的温暖和深厚的情感相提并论。

进入冬季后不久，几场大雪让这片草原彻底换上了近二十厘米厚的羽绒服。这让我的出行举步维艰，不要说还像往常那样隔三岔五去奥拉家混吃混喝，就是去一趟千米之外的铁山家，也成了一件困难的事情。

我的越野车面对我同样没有见过的冰天雪地，再不能随意驰骋了。一次，在尝试从门口一个缓坡上爬了半个小时宣告失败后，我索性直接把它送进了邻居家的牛棚。这个冬天，看来它能好好休息一阵子了，因为这里的积雪要到明年春天的四月份才能融化，其实，真正下雪的日子还在后面呢！

由于巴根那家的破皮卡前几个月卖给了别人，他们的出行和我遇到的困难几乎没有什么区别。很长时间里，我们彼此间只能用电话相互问候和关照。

最近我跟着邻居孟根一直学骑马。在这里，冬天的主要交通基本只能依赖于骑马出行了。昨天上午，当我和孟根骑马出现在巴根那家门口时，他们吃了一惊。我已经半个多月没有去看望他们了，就连黄狗胖胖见了我都摇头晃脑地表达着它的友好和喜悦！

吃饱喝足以后，带着奥拉装好的酸菜和羊肉卷，一红一黑两匹马驮着我和孟根走向茫茫雪野。

风很是刺骨，打在脸上火辣辣得生疼。没走几分钟，我的呼气就被冷风制造成一层层的白霜，头发和胡须也是白色的，达到了真正霜染的效果。

据说，坡尔德冬天的气温会接近零下四十多度，这是我从来没有体验甚至没有想象过的寒冷。不过面对当下零下三十多度的气温，我对未来将要面临的极度严寒却没有一丝恐惧。

我有一间能烧旺柴火的小屋，有邻居孟根给我训练出的一匹黑马，还有许多从不把我当作外地人而热心往来的牧民……这样的话，我还有什么可担心的呢？

中秋

今日中秋节,似乎应该写点什么。

空气里弥漫着异样的清新。是什么呢?九月菊淡淡的清香?秋风里丝丝的清凉?

清晨起了个早,出门看见金色的阳光已洒满大地。昨夜细小的雨滴还在敲打我的屋顶,此刻却换了一套干净华丽的节日盛装,再迎接新的一天。

草原的秋天来得快,也走得快,像个行色匆匆急于赶路的人。这会儿,昨夜的霜冻白花花地铺满了草地,逆光看去,又像无数闪耀的钻石在草叶上熠熠生辉。这些发黄的枯草,仿佛终于被秋天宠爱了一回,被赠以冰霜的钻戒。也许,这也是大自然的精心安排,让这些即将枯竭的生命,成为这个节日里闪亮的一部分。

也是,万物皆有灵!没有一种生命生来是多余的,也没有一种生命生来是卑微的。它们都有各自的使命和意义所在,都有被阳光照耀的惬意,都可享受轻风的抚慰、感受空气和雨露滋润的甜蜜。只是我们不曾在意。

天空没有一丝云。高远的天空如同蓝色的深海,广阔、深邃,没有一丝褶皱。一只鹰隼在蓝色中静静地盘旋着。它平展着双翼,长时间也不见扇动一下,就像漂在水上无人驾驭的小船。整个天空因一只鹰隼的存在,变得丰富和生动了许多。我仰着头,视野被蓝色覆盖,而那个黑点,像一句写在天空的诗歌。

一天的生活就这样平铺开来。

我把思念举过头顶,摇一轮金黄给中秋。

空旷的草原,灿烂的秋色。

打完水,我开始劈柴火。这是一件不怎么费力的事。我要劈的是一截油松,是作为引火用的富含油脂的木头,草原人俗称树明子。这种木头木质柔软、多油、易燃,而且有着浓郁的松香味。

柴火劈开来,细致精美的木纹清晰可见,像一件精美绝伦的艺术品。于是,你会不由得对曾经的一棵树,或作为当下一根柴火产生亲切感。由此联想到它燃烧时释放出的丝丝热量,你便会把它和我们的生息繁衍联系起来。这是有趣的想象,让人内心明亮。

在小院里做完这些,时间已过了早晨。

回到屋里的书桌前,品饮用井水冲泡的茶,身心顿时清爽了许多,仿佛先前的劳动带给身体些许的劳累,完全经不住一杯茶的稀释就荡然无存了。

窗外的秋色一天天浓重起来。望着空旷的草原，忽然意识到在这灿烂的秋色里，此刻只有我一个人，就像天空中那只孤独盘旋的鹰隼一样，深陷在茫茫的天地间。但没有人知道它内心的辽阔。

寂静的草地，红色的小屋，一堆门前的劈柴，已抽芽的篱笆墙，还有一口水井，就是我当下所处世界几乎所有的内容。这些构成一个世界的元素，如此简单、原始，仿佛没有一点儿人为的痕迹。

此刻，我才意识到，我独自在远方。

我正在被一个传统节日的月光诱惑。我需要把这个平凡的日子染上颜色、镶上金边、镀上银纹，留给自己作为纪念。

今夜，明月将照亮整个黑夜
风停止行走，草停止枯萎
凋零的花朵依旧散发出芳香
一些伤口在愈合
一些疼痛在消失
一些寂静的角落里会传出歌声
一些屋子里会亮起灯盏

今夜，我将独守四十多年来第一个在他乡的中秋
我把月亮举过头顶
像举着思念、祝福和祈祷
愿天地祥和
愿人间欢爱

雁来雁去

听到窗外有大雁的叫声,一声跟着一声,令人欣喜。

寻声觅迹,不远处的高空中,二三十只大雁风筝一样浮在气流上缓缓飘动。

时下,还不到大雁迁徙的时节,按照往年,起码得到十月初。很显然,这是几只大雁带着今年的新生儿,在练习驾驭气流和飞翔的技艺。它们在天空不停地绕着大圈,不间断地传来领头雁纠正和鼓励般的鸣叫。但是,此刻的雁阵,看起来散乱而没有章法,完全没有它们在迁徙路上那样优美又严谨的一字形或Z字形的阵型。即便这样,我还是觉得,它们给蓝天增添了一丝生机,让空旷辽阔的天空有了故事和动感。

我凝望着天空，不舍得把视线远离它们。

我喜欢听大雁近似苍凉孤独的长鸣，尤其在夜色中，那声音仿佛一粒石子落在黑夜的湖泊中一样，随即荡开一圈圈的涟漪，荡漾着天地间的寂静、空阔、苍凉、悲壮，以及诸多生命远行、跋涉的信念、勇气和宿命。

过去这两年，我曾好几次在黄昏和午夜前听到它们迁徙时的鸣叫声。我仿佛天生对这种声音持有一种敏感的知觉。每每听到这来自远处的歌声，我都会屏住呼吸，静静地聆听，抑或跑出屋子，急切地在浩瀚的天空中寻找它们的身影，甚至有一种莫名的紧张。这种感觉，从童年时代犹如烙印般一直持续到今天的中年。有时，人对某些事物的感觉和情感是无法言说的，但却极其牢固、持久，并且会一直保持持久而美好的意向。

我对大雁一直有种发自内心的喜欢。我几乎从来没有近距离看到过它们的眼睛、嘴或是灰色的羽毛，但是，这种从儿时就留驻在心里的那种温暖的亲切，却从来不曾变得生疏。大约有好多年，我几乎再没有看到天空中迁徙的雁阵。不知是无心在城市生活的烦乱之余能安心地凝望一会天空，错失了天空的风景，还是大雁刻意改变了它们曾经迁徙的路径，总之，有好些年，我再没有听到它们苍凉的歌声，更没有目睹过那令人紧张又欣喜的高处的风景。

大概，不只是我有这样的感知。我相信，如果提到一些差不多被我们遗忘的事情，很多人都会有同感。何况，这个世界的的确确每天都有一些东西在消失。有些可能是暂时的，但有些可能再也不能出现在这个世界上。比如一些灭绝的动物和植物，比如中国坍塌式沦陷消失的村庄，比如一些观念，一些情怀……

这两年，我有幸在草原深处，又听到了大雁的鸣唤，并且十分庆幸一些大雁把这里选为它们春夏的栖息地。每年四月以后，北回的大雁会有一部分选择在这里的泡子边安营扎寨，生儿育女，度过它们几个月安逸而平静的生活。这让我异常兴奋，好像儿时的梦想得到了实现一样。

尽管有了如此天时地利的机遇，但要近距离欣赏大雁，依然几乎是不可能的。能在草地上远远看到这些身躯庞大的家伙，我已经十分满足了。

或许，有些令人感动的知觉，恰是需要用一段距离来营造的，以此产生美，又可以避免彼此因伤害而造成的悲剧。

此刻，目睹它们在天空不停地变幻着队形，并传来一声声充满温情和耐性的鸣叫声，我竟然奇怪地联想到了幼儿园里的情景。对于这些从未远行过的小雁来说，它们的成长比之人类应该充满了更多的未知。天灾人祸对于这些幼小的生命来说，可能更加难以预料。尚且不说那些贪婪无情的捕鸟人，单是路途的遥远，对它们来说就是最大的考验和磨砺。想想人类从婴儿到自立，少说也得数十年，而对于这些大雁来说，上天却只给了它们短短几个月的时间。相比来说，也许它们比人类更懂得学习和成长，它们更聪明，更坚毅，也更勇敢……

或许，这正是我一直喜欢大雁的原因吧！

只愿，天空没有陷阱

鹰会打盹，雕会走神，雪山上的风会小一点

愿，南方的水草已经丰茂，猎人放弃了嗜好，阳光正洒向鸟巢

愿，人间温厚，土地肥沃，坍塌的墙不会压死蚂蚁

愿，你有故乡，也有远方，走水路的人，唱着水的歌谣

愿，沙漠上，有月光，有水，有陌生人的微笑

愿，大雁拥抱南方的黄昏和水草，愿归乡的人，能看到灯光

愿，来年的北方，有更多孩子望着天空，看大雁回归

愿，远行的人，有路，有诗，有温柔的南方，也有粗犷的北方

日志

2017年6月7日　晴

沿着河边走了一会儿,发现草丛中新开了几种花。

素雅的银莲花,有丝绸般的质地;野豌豆开着紫色的花,那细软又鲜嫩的花瓣,几乎让人不忍去触摸,就怕稍不留神就会给它造成伤害;山刺梅开着密集而热情的花朵,带着一种野性,花瓣宽厚结实,就像能干又热情的农家妇女;勿忘草开得仔细而默不作声,雪花般大小的浅蓝色碎花,像无数的守望和思念……

我的野果园,此刻也是一派生机蓬勃的景象。山楂、稠李子、山丁子树都挂满了绿松石一样的果实,密集、饱满。想到秋天采摘野果的情景，便不由一阵阵的心动。

在这样的地方漫步，就像是在伊甸园里消遣。所有的生命都被自然之神关爱着，呵护着，在彼此间的存在里构成了独特的风景。

2017年6月14日　小雨转晴

凌晨四点，天色已经大亮。

昨夜的雨水让空气中弥漫着新鲜湿润的气息。草叶上挂着晶莹的露珠，钻石一般让人不由贪婪地想多看几眼。

这是一个童话般的世界。

远处，一片银灰色。云层绵薄，能感受到云层后面流动着同样绵薄的阳光。不远处的森林中，笼罩着烟雨迷蒙的雾霭，可见樟子松优美的轮廓呈现出一条条波浪般起伏的线条，朦胧、静谧。森林边缘，有一群马在慢慢移动，远远望去，视线所触及的仿佛并不是实景，倒像是美丽的梦境。

欢快的鸟鸣此起彼伏，愉悦着一片片葱郁的树林和地上纷繁的花草，我漫步其间，身心犹如在晨风中沐浴。

今年雨水充沛，这让连年深受干旱肆虐的草原，终于缓过劲来。花朵在四野里尽情绽放，苜蓿、委陵菜、老鹳草都开出了自己心仪的花朵。满世界丰富斑斓的色彩，让人眼花缭乱。雀麦、牛筋草、地榆、知风草、蒿草都已经长得有一尺多高了，放眼看去，整个一片绿色的海洋，郁郁葱葱，生机蓬勃。蚂蚱在四处奔跳，冲浪一般，忽而欢快地跃起，忽而又潜水一般没入绿色的深草里不见了踪影……想象它正怀着怎样愉悦的心情，在这绿色的海洋里尽情欢乐啊！

2017年6月15日　小雨

中午十点左右，下起了小雨。此后，雨点越来越密。不用看窗外，从雨水打在屋顶如踢踏舞的节奏中就能听得出来。

这是我百听不厌的声音。

在都市里，你是听不到如此美妙的雨声的。就像你在汽车溅起雨水的街头，是感受不到一个农夫看着雨水落在禾苗上那种激动和喜悦的。

此刻，草原到处呈现出一片翡翠般的青绿。细密的雀麦草在风中摇曳着，仿佛电视洗发水广告中少女长发在风中飘逸的情景；知风草沐浴着细雨，以她粉红色的神情，感知着轻风殷勤的赞美，又像是忽然听到了一句令她动情的低语，满脸怯怯的潮红；野罂粟金色的花朵里，总能看到有一些小甲虫藏在里面避雨，许是早就在这馥郁的花香里醉了过去，此刻，就连绵绵的细雨也无法将它们唤醒。

雨幕里，依然能听到麻雀欢快的歌声。时下，正是雏鸟成长的时候，我能分辨出那些雏鸟的鸣叫，但却无法想象这鸣叫声正传递着幼鸟们怎样的快乐。

坐在门口，捧一本书，但总是没有办法阻止眼前的情景或耳边的声音扰乱我阅读的专心。不过，也用不着懊恼，在这样的雨天里，是没有什么能让人感到不安和烦躁的。

2017年6月19日　晴

面对天空隆起火焰般的云霞，想是又一幕从不会重复的落日大戏又要上演了。

我远远地看着，像个老戏迷，充满了期待。又因总是被大自然这位慷慨的导演赋予免费观赏的特权而心存感激。

但今天似乎有些意外，天空的舞台上，堆满了凌乱的云绸霞缎。天空仿佛刚刚经历了一场强烈的风暴，彻底吹乱了云霞原本有序的排列和层次，就连红色和金黄色的幕布也被撕扯得像战火中一面伤痕累累的旗帜。虽然舞台顶上的主灯光已经闪烁出熠熠光芒，但是，瞬间之后，舞台重新被巨大的天鹅绒一般的黑幕布遮掩了。

最终，就连幕布边上镶嵌的金光也渐渐暗了下去，仿佛终将因为一些原因导致演出不能正常进行。最后，光亮全部熄灭了，天空换成了黑夜的背景。

这个过程和结局，让人意想不到，又令人觉得惊心动魄。

我并没有因为没能目睹一场精彩的落日有任何遗憾。因为，在这里，所有正在经历和消失的时光，都那样令人着迷，都不可复制，更不能忽视。因此，在这里的每一秒都值得珍惜，值得回味。

2017年6月20日　晴

清晨六点，太阳像勤快的农夫，已经早早出山了。

阳光清新，似乎昨夜的那场雷雨，让这位农夫深感满意。就像看到田地里干渴枯瘦的禾苗，因为饱饮了丰盈的雨水显得活力四射，他原本焦灼忧虑的心情变得明媚起来。

在草原的大花园里，盛开的野罂粟、银莲花、山刺梅、绣线菊、勿忘草都在阳光下展示着它们晶莹的首饰，仿佛对自然公平慷慨的赠予充满了感激，因此都以各自最艳丽和最真诚的色彩向自然的无私给予深情的回应。

踏着湿漉漉的花草走在阳光里，我的内心会蒸腾起对生命的感激和热爱之情；会因为脚下的一颗露珠，唤起对童年的美好回忆；会感激所有经历的快乐和磨难；会无故地对着天空微笑，对着大地微笑……

又一个值得被称道的一天就此开始！

2017年6月21日　晴转多云

一早，和邻居孟根开车去辉腾河。

沿坡尔德东南方向行至四十多公里，便进入辉腾河一带的山区。所谓山区，海拔并不高，相对于平坦宽阔的草原来说，这些隆起的山丘便显得挺拔起来。

前往辉腾河的路，大多是穿行于森林中的自然道。对于初行者来说，不亚于是在一座美丽的迷宫中穿行。

两个多小时的路途中，我们一直穿行于浓荫密集的穹顶之下，如若行走在奢华的宫殿里。有时阳光会穿过树荫的缝隙在林间形成无数金色的光柱，犹如梦境。为此，你不得不佩服自然的布光技巧，这是人类目前无法模仿的。如果你认为森林是好客的，那么走在这样辉煌的大道上，你会感到深深的自豪和满足。感动之余，也会默默地心生感激之情。

此前下过的一场暴雨，让本就坎坷不平的林中道路越发泥泞难行。我们随着晕眩般的车子左右颠簸，前跃后翘，就像在一条帆船里，任由兴致高涨的海浪当做玩具般满足着它的好奇心。不过，林中小鸟无忧无虑的歌声，微风中摇曳的白色粉色的芍药花，以及道路两旁那些身形高大挺拔的樟子松，总以种种的惊艳让我们忽略了道路的颠簸。

在这静谧的林中行走，就像沿着一条神圣而光明的内心之路，走向自由，走向生命本源的花园和湖泊。而这样的感受和体验，是在任何城市那种被水泥和沥青所造就的、呆板的道路上所无法体验到的。

2017年6月22日　晴间多云

一本书，一杯茶，一盒烟，就是我当下认为的富贵生活。

天空湛蓝，云朵芍药花一般开满天空。另有一些丝线般的流云，极富美感地飘在近处的天空，也有一些云团如同燃烧的火焰，显得动感十足。这些云朵，丰富了高天的空阔，也为一片死寂的蓝色增添了生机和活力。

休息间隙，若有兴趣凝望那么几分钟，你就会被那种高贵的蓝色和纯洁的白色构成的穹顶迷醉，为那种瑰丽的宗教般的庄严而心生宁静和虔诚。

近几天，多了蟋蟀欢快的鸣叫在四处萦绕，这位迟来的歌唱家一登场，就显示出他卓越高超的演唱技巧。相比来说，其他一些昆虫的演技就要逊色多了，就像从原来排名一流二流的水平，一下回落到了业余歌手的地步。

2017年6月24日　强风6-7级

大风，应该有六七级。

门前的山丁子和稠李子树在风中剧烈地摇动着，没有节奏，没有预期的形式，就那样用浓绿葱郁的树荫配合着风，显现出风的形象和力量。它们似乎是老搭档了，配合极其默契。想是，树在风里得到了舞蹈般的畅快和放纵；而风，则因为树有了声音，有了一个立体的、又令人万般遐想和猜测的高大形象，甚至具有了神性。

在海浪般呼啸的风声里，茂盛的野草向一个方向倾斜着它们柔软的身体，仿佛是在膜拜某种神奇的力量，又好像是随着大合唱的旋律，集体摆动着身体，以做出宏大统一的舞美造型。

这个时候，人只能作为旁观者，怀着一种谦卑的心情，默默欣赏着属于草木的狂欢！我仿佛在这样的风声里，受到了某种鼓舞，令心绪无法平静。但是，那种意会和感知又仿佛不可告人，因为语言无法捕捉和描述那种美妙而奇异的感觉。那是来自风给予自己的一种力量，哪怕是孤独的力量，也能让自己感到满足，感到那强劲的风声里，一定存在着自己的一部分，可能是信念，也可能是勇气。

无数花朵在风中欢快地抖动着，以她们的语言，以她们的色彩，与风做着我尚且不能理解的交流。那是属于它们的狂欢。

风激起一阵阵的动荡，犹如一首激情澎湃的诗歌。树叶在朗诵它，草在朗诵它。这每一个字符，都被万物重复地诵读着，并被深深铭记。

这是自然的艺术。

2017年6月25日　晴间多云

天空堆满了熙熙攘攘的云，仿佛适逢假期，这些云便拖家带口地出来度假。天空看似拥堵不堪，但仔细看，便能领略到一种秩序井然的舒适的感觉。也许，这就是自然秩序的魅力所在。

如果说蓝色天空是一个巨大的舞池的话，你会觉得，所有的云朵都在翩翩起舞。

2017年6月28日　和风4-5级

想等风小一点了去河里洗个澡,顺便畅游一阵,也体验一下身居荒野的"富贵"生活。可是,等了几个小时,风势一点儿没有减弱的意思。

我索性坐在院子里的原木凳子上,看风是怎样在草地上掀起波浪,又如何让一丛山丁子树歌迷般在她摇滚动感的歌声里肆意释放野性。

白云堆叠在天空,如同峭壁悬崖,又如山峦绵延起伏。若盯着一座云山凝视,很快会发现,那山无时不在变化着,而且总是出人意料地会在瞬间变成另一种完全陌生又险峻的山形气势,让人的想象总是陷入被动迟缓的境地,只能在这自然世界魔幻般的力量面前,自叹人类所谓的创造力是如何的不值一提。

这样的大风天里,少有鸟儿冒险飞翔,但总还是有一些鸟儿表现出年轻气盛、放荡不羁的勇气。这是一道少能遇到的景象。我看到一只喜鹊在风中斜飘着飞过,就像一只在激流中快速漂向下游的失控的小船。伴随着某种担忧,喜鹊却像在风中冲浪一般,欢呼着,越过一个又一个风的浪头,然后安全地落在了它预先计划好的地方,显得沉着又自信。偶尔,还会看到麻雀像树叶一般飘过视野。在如此强劲的大风里,它们就像喜欢冒险的孩童,享受着某种快乐又新奇的体验。我想到了自己童年那一连串有关冒险的游戏。

多么令人回味。

遗憾的是,随着年岁的增长,我几乎活成了一块沉默的石头,已经失去了在狂风中冒险感受冲浪般的勇气和激情。

人活到了某种中庸的地步，也就是为了活着而活着了……

风依然强劲狂躁，但我正走向河边，比起当下的担忧，在河水里畅游的感觉多么令人期待啊！

2017年7月3日　阴转小雪

午后，天空布满了积着雨水的云，但我和邻居孟根还是决定去林子里碰碰运气。据说，桦树密集的地方，野草莓正在成熟。

我们还没走出七八里路，风卷着雨丝向我们迎面扑来。幸好我们不是骑马，要不然，很难说不会被淋成落汤鸡。

雨滴敲击着挡风玻璃和车顶，发出爵士乐般欢快的声音，伴随着车内音箱中流淌出来的悠长的马头琴声，这混合的搭配竟然合奏出一种独特的旋律来。这完全是意料之外的享受，颠簸的路面让车子也随着音乐的节奏，恰到好处地随之起伏着，伴舞一样完全与音乐融合在了一起。

兴许，这也正是人的内心和情绪与音乐的融合，是与风、与野草镶边的一条路的融合；是与雨中翻飞的凤头麦鸡、静立在花草中沐浴的蓑羽鹤的融合。

或者说，这是和自然的握手言和。是回归，是和自然生息的一次愉快的邂逅……

停了车，我们向一处缓坡地带的白桦林走去。十几分钟以前的一场雨，看来也光顾了这里，草叶都戴上了亮晶晶的首饰。

抵达缓坡之前，我们要走过一段近三百米的林间草场。草叶上的雨水很快打湿了我们的衣裤，凉飕飕的。蓬子菜、大黄、柔毛独活、麦雀草和早熟禾等都长得十分旺盛，好像都愿意在自然面前表现出各自的优越来，以其健康和葱郁的生机证明它们都是大自然优秀的儿女。

走在齐腰深的花草里，脚步和内心都是柔软的。野百合的一抹深红，偶尔会映入人的视野，就像一缕映入眼帘的深情挚爱的目光，总能引起人一阵阵悸动的心跳；芍药花永远是安静的，就像是林间静谧的核心，在她雪一样洁白的花朵上，似乎全都绽放着一种幽静的元素。那里仿佛有一股神秘的魔力，面对它们，再狂暴、再桀骜不驯的人都会不由得安静下来，就像在教堂的圣像前保持着一种由善良和虔诚羽化的安静。

走过这片让人心情愉悦的花海，一道向缓坡上蔓延的绿色渐渐变得浅了许多，就像退潮的海水，水面上泛溢着无数白色、黄色和紫色的小浪花。这里成了森林的主场，在樟子松统领的国度里，各种杨树、桦树、榆树，还有诸多灌木和野草都心甘情愿为这片富庶的地方奉献着自己的力量。它们纷纷以茂密的树荫、苍劲的树干以及馥郁的芬芳，共建着这个美好的家园。

与此同时，风儿、鸟儿、蝴蝶和松鼠正在十分投入地排练着一支森林圆舞曲。

2017年7月7日　强风5-6级

风很大，它把草原当成了风的牧场。

零星的小雨，三番五次地来了又去，仿佛有些优柔寡断，又或是对一些地方总有许多的依恋和不舍。花草自然是喜欢这样的细雨的，享受着雨水富裕的悠闲生活。

眼前，众多的花正在尽情绽放，要不就是冲着天空疯狂地生长，仿佛一定要把草的这一生活好，哪怕迟早会化作牛羊嘴里的一味佳肴，也要努力活出草的样子。孤独地、寂寞地、充满尊严地完成自然赋予的使命。

实际上，草比人活得自在，也更优雅。阳光、雨水、空气和风都宠爱着这些卑微却也高贵的生命，让它们抽出最纤细的叶脉，开出最鲜艳的花朵。

我的门前，就是一片植物的天堂。我有足够的空闲，能一直看着它们发芽、开花、最后结出草的种子。这是一个美妙的过程，使人在这种普通且平凡的日子里，多了一种色彩的修饰，也多了和自然亲切的关联。

海绵般的云层铺满天空，一种银灰色的宁静，让人的视野和内心也充满辽阔的银灰色的宁静。那是能安放素净心思的棉厚，让一颗和草一样的心能拧出细雨般的清新和柔情。

风摇着树叶，树丛里，一场接着一场的鸟类的音乐会正在进行。河流在镶嵌着芦苇绿边的河床上绕出一个又一个漂亮的S湾，然后一路北上，流向她们未知但一定会创造出新的景象的前程。

在这样的景象里，时间已经没有意义，只有生活像小雨一样滋润着生命的旷野！

2018年7月12日　晴

坐在窗户边读一本书，三伏天的闷热在放牧着汗水。我的身体是一片荒凉的戈壁。

我在一片雪花纷飞的旷野上漫步，文字的小路上，有碎石，有牛粪，还有唱歌的麻雀。我看着一群牦牛在发呆，高处，是一座托着雪的山，就像是托着给上天的贡品！冷的风，在心中掠过。

我继续读那本书，汗水依然在寻找顺畅的毛孔。偶尔，心思会开些小差，心思像一片云，在草原的上空徘徊……

阅读，是从自我走向世界的阶梯。

阅读，是去走近未曾见过的大海、森林、草原以及星空。

阅读，让在人间迷茫的自己找到自己。

2018年7月31日　晴

流水，月光，星云，一盏孤灯；茶，酒，烟，缭绕的思绪；恐惧，爱，坦然，静夜，星光，关怀和问候，一切已足够……

一切足够纷乱，一切又井然有序。

2018年8月1日　阴转小雨

下了一天的雨，气温骤降到十度左右。

我喜欢这秋雨时节，有丝丝的凉意，有雨水般的心情更接近一种雾霭般的宁静。

风四五级，呼啸着，不掩不饰袒露着它的真性情。门前一排山丁子树在风中发出一阵阵的怒吼，仿佛风在为它们排练着一曲气势雄浑的大合唱。

烧了一炉火，土炕上的暖意让人想放弃所有非凡的追求和理想，只想如一只慵懒的蚕，吞噬着温暖而逍遥的时光。喝一杯烈酒，再喝一杯浓茶去稀释，仿佛是为了化解一种矛盾。想想，生活总是充满了乐趣和不可思议的碰撞。

夜幕如期而至，雨丝的帘子还在风中飘扬。重新沏一杯浓茶，让自己进入另外一个真正属于内心的世界，然后在时光中逆流而上，想一些往事，想一些异乡的星空。或者，让一些想象，如画笔一样描摹出女儿甜甜的笑脸……

我喜欢这样的雨夜，平静、没有喧嚣。这个时候，我总是愿意用文字把往事进行一番梳理。因为，我总是怕错失或遗忘了生活中那些闪着光却总被我们忽略的细节……

2018年9月2日　小雨

昨天断断续续下了一天雨，出不了门，只好独自看雨。

困倦时，抿一口酒，精神立马振作了许多。借此机会，把前些天的日记在电脑上整理一番。文字在叙说，时光却好像在倒流，日子又回到一个人独自漂流辉河的日日夜夜。内心无端地有一些感动，不是为自己，似乎全是为那一路上遇到的野果、牛群，以及隔着一条河与我聊天的牧民……

那些时候，生命的高贵，理想的崇高，梦想的宏伟，全不如在夕阳下和一个未曾谋面的人聊怎样能网到鲇鱼的话题更重要，更实际。

今天，又是半天的雨。但雾一般的细雨完全可以忽略不计。这两场雨之后，林子里的蘑菇就要疯长了。中午刚过，我便一头扎入樟子松密集的树林。果然，满世界都是惊喜，新鲜的蘑菇粉嘟嘟的，遍地都是。或许，因为太过投入，我在森林中迷路了。经过两个多小时的转悠，终于看到了我停在林子边上的小越野车。那一刻，所有幸福的感觉，全是因为我走出了林子的迷宫。

幸福原来就这么简单。

2018年9月3日　晴

九月，山丁子就快熟透了。这红玛瑙般的小果实，色泽鲜艳，口味甘甜。其实我更愿意把它称作浆果，这样的名字听起来，更有一股野性的味道。

吃野果的感觉，也是一种特殊的享受。尤其面对如此丰盛又鲜美的野果，你会有种和大自然完全相融的原始情怀。那种惬意的心情和味觉的美好，是你在超市用金钱买来的任何水果都无法比拟和取代的。

有时候，一颗野果，真的就能把你拖出红尘，然后交给一处叫自然的世界……

2018年9月5日　晴

呼伦贝尔草原上特有的红蘑，也称为鸡血蘑。这是一种专门在樟子松密集的地方才能寻找到的蘑菇。

一般在八月份，几场雨水过后，林子里就会出现它们的身影。这种蘑菇，据说人工无法培植，就是把森林里的土壤装回去培植也是徒然。所以，在这一带，红蘑就显得异常的珍贵。

这些天，我没少跑林子里去寻找这林间尤物。有时候，一次出去走几个小时，也不觉得劳累，似乎所有的辛苦都被采到红蘑时的喜悦给替代了。

总之，只要走进森林，人就会忘记自己……全部的心思和目光都会集中在隐藏着红蘑的草丛中，似乎完全忘了外面的世界。那是一种心甘情愿的陶醉，就像浪花陶醉于大海一样。每当视野里出现那个粉红的身影，一种无法言说的愉悦就会立刻在全身弥漫开来，接着会紧走几步，伸手轻轻从草丛中将其拔出来，就像得到宝贝一样。有时候会放在掌心里欣赏许久，让内心充满收获的喜悦和满满的成就感。

这样获取的食材，无论是晾晒、水洗、烹饪，我都会很用心。这不只是对自己亲手采摘的食材的用心和珍惜，而是在这样一个过程里，我总能从每一个步骤里获得做事的愉悦感。这种劳动，既简单，又没有什么付出和回报之间存在的相关利益，它是纯粹的，只和生活本身有一种亲和的牵连。

红蘑的口感，滑润如泥鳅。

2018年9月13日　阴

帮巴根那家拉草回来，在关铁丝围栏的时候，被角铁在胳膊上划了一道血印。不过，并没有在意。给手上直接来一口唾液，清洗清洗，倒是一下干净了许多。那点疼，不足挂齿。

晚上回到家，生了一炉火，想想门口还有几块当初钉在木桩上充当桌面的已经腐朽的高仿木地板可以当做柴火用，便摸黑去找。我大概知道这些东西放在什么地方，但不幸的是，漆黑中，我一脚踏在了一块钉着钉子的废旧木板上。只感觉呼哧一下，一根带着铁锈的大钉子扎进了脚掌。忍着疼痛用一只脚跳回家，血滴了一串，像血的脚印。

扯一块纸，摁住伤口，又想该消消毒，于是给杯子了里倒了高度酒充当酒精，不承想，一下没控制住，倒了满满一大杯酒。索性，半杯酒用来消毒，剩下半杯便独自慢慢品饮起来。

这些都是没有料想到的，包括钉子会给我带来这意外的伤痛，还有此刻我独自靠着火墙上小酌一口的逍遥……

生活也许就是如此，这里失去的一些，总会在另外的地方得以补偿。

2018年9月28日　晴

在草原上，烧火取暖或者经营一日三餐一般都用牛粪作为主要燃料。烧牛粪有不少好处，首先是不用花钱买，只要你勤快，随处都可以捡到这天然的燃料。其次，牛粪易燃，而且燃烧的时候，你能闻到浓浓的牛粪味。前提是，你得喜欢或者已经习惯这种气味。

作为在草原上生活了一年多的陕北人，我很快就习惯了那种气味。虽然我从小是在农耕文明的烟火中长大，但是，当我最初容身于游牧生活的袅袅炊烟中时，我却对牛粪燃烧时发出的气味拥有到一种亲切感。在陕北的乡下，烧牛粪算得上奢侈，但是缭绕在烟雾里的那种气味，却并没有多少差别。

写这些文字的时候，我小屋的炉灶里，几块牛粪烧得正旺。包括屋子里暖融融的空气中也正有牛粪独特的"芳香"在弥漫缭绕。

2018年9月29日　小雨

从早晨到中午，一场秋雨持续不断地敲打着我的屋顶，有时紧密急促,有时稀疏柔和。

雨声让人感到安慰,就像朋友在低语,真诚、温和且毫无保留。不管语言里嘀嗒着忧伤,还是跳跃着欢乐;无论是倾诉,还是祝福,都让人愿意打开内心,聆听,或做出回应。就像在小雨中漫步,原本不需要一把雨伞作为多余的遮掩。

火炉里燃烧的牛粪发出让人宽慰的呼呼声。快要烧开的一壶井水,嘶嘶地冒着热气。小屋里因为这些水与火的合奏,使得生活的基调充满简朴的安宁和淡淡的清欢。

我戴了一顶草帽,想从柴火堆里挑拣几根相对不是太湿的木柴。但是,令人遗憾,这一场雨几乎湿透了外面的一切。不过,雨滴打在草帽上的声音却令人欣喜,就像一段柔和的轻音乐在你耳边萦绕。脚下的草地因为雨水的浸润也更加柔软了,让你走出去的脚步像是陷入棉花里一样松软舒适。

我心想,为啥不去散散步呢?雨也不大,又没有风,空气又如此沁人心脾。

毫不夸张地说,我的草地院落让我自豪又满足。保守一点说,差不多有五六百亩。院落里,长满了委陵菜、蒲公英、牛筋草、野豌豆、蒿草、山刺梅、顶冰花、野罂粟、地椒、野韭菜、石竹、九月菊、芍药等知名或者不知名的野花和野草。时下随是深秋季节,已很难一睹它们翠绿的枝叶以及芬芳烂漫的花朵,但是,这些花草却一直在我的记忆里茂盛着、绽放着。它们将整个完整的春天和夏天都完全移栽进了我的记忆,几乎不会有任何差错。我此刻所站的地方,就曾有一些粉色的石竹花悄悄地盛开过,它的身边,还曾有前来拜访的蝴蝶，站在一棵野韭菜上扑闪着蝶衣，表达着对一朵石竹花的友好和赞美。

这是一个柔和的午后，我记忆犹新……我曾收获了这些生命经历的纷繁和斑斓，就像一些人的记忆里总有初恋留下的一段精彩和浪漫。

2018年10月6日　小雪

昨天，气温开始降到零度左右。下午，零零星星地飘了几朵雪花，就像是一段草原冬天的开场白。

今晨，天色阴沉，风轻微，空气里有一种湿润的气息。上午十时左右，天空中有雪花飞扬，没过十几分钟，雪花变得密集起来。虽然气温还不至降到积雪的程度，但是，整个天空，白茫茫的，全是雪花营造的梦幻般的景象。

今年的第一场雪，就这样不间断地飘飞了差不多一整天，虽然地上少有积雪，但是，我还是记住了这样的一场雪。

雪不大，风也不大，气温也算温和。山丁子的浆果经雪花的装饰，显得更为鲜艳红润。牛吃着湿润的草，像是上天特别给它们搭配的营养餐。狗在草地上欢奔乱跳，在追着无数的雪花，不知，它想表达什么……

站在雪中，能听到扑簌簌落雪的声音。雪落在身上，落在头发上，然后，消融，变成一片水迹，像我水一样的心事……

2018年10月7日　阴转小雪

　　感觉有漫射的阳光使阴天显得近乎明亮，但看不到明显的太阳。天空飘着雪，像迷茫的萤火虫在风中上下左右地翻飞。云层不是很厚，能看到白色的光背景灯一样打着几乎透明的云层，使之显得光亮而纯净。

　　雪花飘飘扬扬，纷纷落落，像从天幕上洒下来无数晶亮的光花，旋转着，梦幻一样，使得整个天地的大舞台弥漫着一种灰色的宁静。

　　我坐在窗前，像个资深的戏迷，身心完全沉浸在剧目上演前的前奏音乐里，目光充满了强烈的渴望。谁也不知道下一秒，天地会给我们呈现出怎样精彩的一幕。

　　屋子外面，不是很冷，雪花扑在脸上，毛茸茸的，不过，很快就化作一种使人舒适的潮湿。

　　云层比先前更加薄且通透起来，就像影室灯上装了柔光箱。空中，几乎不再有飘飞的雪花，或者偶尔能发现那么一两朵，它们在天空走散又迟迟赶来。

　　草地上虽然没有积雪，但是，棕黄色的湿漉漉的绒草依然让人感到清爽舒适。我走出门前的木栅栏，就一脚踏上了这块巨大的栽绒地毯。那种内心舒适美好的感受，似乎比双脚直接的感受还要强烈。

　　十几米开外，有四五只喜鹊一边用喙在草地里摩擦，一边发出间隔稍长的单音节的声音，像是在熟悉一支歌里的某个音符。

2018年10月8日　晴

想要呼吸到这样清新而廉价的空气，通常你需要离开城市，离城市越远越好，才能如愿以偿。此刻我所在的地方，可以说是十分偏僻了，没有公路，没有电，甚至看不到一个人。

最初的寂静在这里得以像露珠一样挂在每一棵草叶上。几十只麻雀像一片狂风中的云，从一棵树迅疾地飘向另外一棵树，像在做一场大逃亡的游戏，并且发出快乐的尖叫声。五六只喜鹊站在树梢上，有的梳理着本就干净柔顺的羽毛，有的发出喳喳的咳嗽声，仿佛在清理因为受凉而有些干燥的嗓音，就像登台前的歌唱家，心里充满了自信和歌唱的欲望。

此刻，虽已是寒露时节，但空气并不阴冷。昨夜飘过一阵闲散的雪花，因此，这个清晨异常的新鲜潮润。草叶上的霜花还没有因为阳光的照耀而凋零，白白的，碎碎的，迎着初醒的阳光发出钻石般纯净的光亮。走在寂静安详的时空下，人仿佛沐浴般清爽，似乎你不只是在享受空气的淋浴，那种天地的辽阔、延伸、高远以及没有界限的空旷，同样让人感受到精神上的轻松和愉悦。

这样的体验，是你在任何城市、任何办公室以及任何人造公园里所无法体验的。当然，经历这种类似奢侈的享受，你必然需要付出一定代价，比如放弃一个高档的宴会、放弃周六加班那一份翻倍的薪酬、放弃一次在商场购物的心欢、放弃一些礼节的束缚……否则，荒野的清新、美丽的河流和缭绕的云烟可能就会放弃对你的邀约和接待。

2018年10月9日　晴

这是它们散步消遣的时间，我坐在窗前并没有打扰和破坏人家的兴致。

一身黑衣装束的乌鸦，无论是缓步慢行，还是静静地站立，都显得落落大方，体态高雅。戴着小黑帽的喜鹊，因为身着一件白色的超短裙而显得活泼可爱。它们也不像乌鸦那样走路时如绅士般庄重，而是一蹦一跳，像小姑娘叽叽喳喳唱着跑调的歌谣。

如果没有一只小老鼠在屋子里到处翻搅发出窸窸窣窣烦琐的声音，这个飘着雪花、炉子里有牛粪燃烧的下午就再好不过了。

尽管如此，我还是觉得这是一个近乎完美的下午。

最后一批树叶在缓缓地飘零，风把更浓重的褐色、深棕色、金色和黑色，不厌其烦地、细心地添加在一些草叶、树木以及适合布置冬天景象的事物上。这使得寒露刚过几天，冬季在大地上的规模和效果便初见成效。

我坐在窗前，有时候会静静地看会书，有时会久久地望着外面的景物，沉入一种看似有形却又无形的想象中。

门口的木栅栏经过一年多的风吹雨淋，已经略显陈旧。那些深灰色胳膊粗细的木头，静静地，沉默，站立，用深浅不一的纹理向我传递着它们的经历，呈现出时间流逝的痕迹。对我来说，它们更像是我生活中的参照物，让我独居的日子不至于被时间完全淹没。我在这些默不作声的栅栏上，仿佛能看到我的四季、我的快乐以及我的忧伤。

2018年10月10日　小雪

昨晚飘了一阵雪花，似乎只是为夜晚上演的一幕独角戏。我打着手电筒看了一会儿，竟然有点被感动了。

雪花稠密，在风中斜飘着。灯光映照处，仿佛是一块在风中飘扬的巨大的轻纱，有着缜密的洁白。

清晨去看雪，大地已经被收拾得干干净净。寂静的草原上，只有无数潮润的草叶和树木还留着雪花涉足的痕迹，使得草和树的颜色都深了一些。一夜的落雪，都消融了。

我站在门口，视野清新空阔。

回头看手机上不少信息都和一个节气有关——霜降。为此，这样的一天就更显得光洁和美好。

邻居孟根帮我一起锯了几个小时的柴火，也了却了我的一份担忧。零下四十几度的冬天可不管你是否备足了过冬的柴火。看来，严酷有时候会逼迫人勤奋。勤奋的经历却也让人快乐。

为了这美丽的一天，我和孟根吃了顿炉灶火锅。

尾声

两年多的独居生活即将结束。

这是一段被熨烫过的时光,没有岁月的褶皱,没有生命的波折。两年七十多天的日子,就像一声夜莺短暂的鸣叫,只留下缭绕的余音在记忆中久久回荡。

一切看似即将结束,可我却觉得,一切才刚刚开始。似乎我才刚刚熟悉了我的小屋,熟悉了松枝燃起的火焰、门前的篱笆、遍野的绿草和幽静的辉河……可是我却过于迟钝,直到两年以后,才真正意识到我是属于这里的。

又是多么的遗憾,我就要离开了。

不能确定,在此期间,我终究收获了许多。

单就两年多的独居生活，应该够我一生去慢慢梳理了。我不想在这个时候浪费脑筋去计算生活的得与失。有些东西是需要沉淀的，就像一盆浑水需要沉淀以后，才会变得澄澈。我需要让这段生活也慢慢得以沉淀，这将是一个漫长的过程。我并不会期待什么，也不想急于得到结果。我需要的，只是这样一个过程，漫长而且美好。

当下，正直八月，草原上处处生机蓬勃。

兴许，在这样的时刻离开草原，并不是一个明智的选择。可是，又有什么是明智的呢？当初来草原的时候，我也并没有刻意去选择什么、期待什么。似乎，一切都在它该发生的时候就发生了。

我一向尊崇内心对自由的忠诚，很少做刻意违背内心的事情。大多数时候，我愿意随心而动。我相信，内心的走向总是趋于光明的，且少有俗世的羁绊和世俗的约束。心灵的世界，有别于社会的世界。那里，有相对的自由和绝对的纯净。一个人如果乐意尊崇自己的内心，那么就会有无数种应和内心的选择和追求。这时候，我们离真正的自由是最近的。

无论如何，这是一段让人无法轻易忘却的生活。

森林，草原，河流，星空；绣线菊，银莲花，老鹳草，野罂粟；大雁，灰鹤，雄鹰，绿头鸭；牧民，炊烟，羊群，蒙古包……这一切都如同一个个音符，镶在我生命的五线谱上。这些生动的、明亮的、温暖的符号，将会让我变成一个多情的诗人或者音乐家。即便我不能创作出伟大的作品，但是，基于我的内心来说，这些珍贵的音符将会让我一直处于创作中，感受着这些曾经走进我内心的伟大事物是如何让我变得富有和快乐。在与别人同样的两年时间里，或许有人收获了权利、金钱、土地或者别墅，但我依然引以为豪地认为，我收获了生活。

于我而言，这两年，我只是远离都市，在一处接近荒野的地方过了一段相对宁静的日子。在这里，我感受到了从未有过的安宁和自然带给心灵的安抚。正如程虹在《宁静无价》一书中提到：在这个强调速度与发展的时代，几乎与荒野的背景完全脱节的现代人为什么要把目光投向旷野、群山、大海以寻求精神上的援助。或许，当一个人在翻山越岭，走过沙漠，涉过河流时，并没有明确的目的。然而，在他的潜意识中却涌动着一种渴望。他从自然中汲取了博大、辽阔、沉静及其他可意味而不可言的东西。只是在事后，在宁静的记忆之中，荒野的精华如同一场旧梦重返他的脑海，那是一种内心的满足与精神的辉煌。在这个千变万化的世界里，他重新找到了做人的根基与定力。对此，我深有体会。

这几天，我陆续收拾行李，但却下意识愿意去偷懒，我对自己的行为并不会太计较，似乎我和另外一个自己终于有了一种默契。

有时，看到屋里堆积的几箱子行李，会有一些莫名的失落和伤感。我还从未对一间小屋做过难舍的告别。事实上，又何止是一间小屋。这小屋里的土炕、炉灶、火墙、书桌，甚至屋顶墙角挂着的蜘蛛网此刻都让我觉得不舍。这些事物显然已经不只是一种表象的呈现，而是与我的生活和内心已默默融在了一起。事物，成了一种承载内心的过往，但是，却不会轻易消失，甚至让我以为，那是一种永恒。

这些"廉价"的事物，会深藏在我的记忆深处，会像地层中的那些矿物一样，在我的生命中被长久地埋藏，或被重复不断地发掘，像钻石一样熠熠生辉。

2017年6月6日至2019年8月20日。这是一段光滑的日子。就像流星划出的光亮，短暂又辉煌。

这是我生命里的一段独白，我把爱留给了静静的辉河、神秘的森林、天空的大雁，也留给了寂静的星空、酣畅的风和门前六千亩的孤独。

从此，我将以一个曾经拥有过六千亩院落的人，开始我新的旅途。我会一边走，一边回首。前路是无限和未知。回首，是草原和落日，是生命曾经停泊的港湾，是山丁子的花香和炊烟的招摇曼妙……